Buxton Spice

Vertaald door Irma van Dam

Oonya Kempadoo

Buxton Spice

1998 Prometheus Amsterdam

Voor Roger en Sonan

Oorspronkelijke titel *Buxton Spice*

Omslagontwerp Tessa van der Waals
Foto achterplat Tim Flach
ISBN 90 5333 722 9

1

Ik leerde alle geheimen van het huis kennen, zoals ik alle bomen in de tuin kende. Met mijn benen over de rugleuning van de rookstoel gezwaaid, mijn hoofd diep in de zitting, bracht ik lange tijd door met wandelen over het gladde plafond. Ik stapte over de kleine panelen in de omgekeerde deuropeningen en ging op het lijstwerk zitten. Geen meubels maakten die kamers rommelig. Geen stof. En als ik wilde, zou ik zelfs een van de kamers met water kunnen vullen en er een zwembad van maken.

De witte verf die van de vensterbanken afbladderde bleef aan mijn kin en de onderkant van mijn armen kleven. En het kale grijze hout rook zoet zoals je huid, niet muf zoals de zwarte plint bij de badkamer die altijd vochtig was en weggevreten onderaan. Op de gewreven huiskamervloer maakte de ochtendzon lange verblindende deuropeningen die langzaam krompen tot alleen de dwergen er nog door konden. Als ik in het ochtendlicht de vloer veegde, vloog het stof omhoog en zweefde fonkelend het raam uit. De bezem streek over alle planken, sommige een beetje krom, sommige donker, sommige met een perfect rond gaatje waar je doorheen kon turen. Allemaal glad. Zo glad dat als mijn zusje aan mijn voeten trok, ik snel over de vloer gleed tot mijn bips warm werd of mijn jurk omhoogschoof en ik met een piepende schok tot stilstand kwam. Andere delen van de vloer waar de stopverf eruit was gekomen waren te ongelijk om erop te kunnen bikkelen en mijn bezem kon nooit het stof uit die kieren krijgen.

Bij de hordeur naar de keuken beginnen, dwars over de planken, niet in de lengte, ruisend langs de grote boekenkast – veeg, veeg, veeg, stamp met de bezem. Veeg, veeg, veeg, stamp, stamp. Dan de kamer van mijn moeder – het bed altijd opgemaakt met de blauwe gebreide sprei met de bobbeltjes die je eraf kon trekken als je erop zat om iets belangrijks te bespreken. Veeg, veeg, veeg, stamp. Naar de rest van het stof bij de leunstoel. Veeg, veeg, veeg, stamp, stamp. Stoppen bij de hangende nest-stoel. In de middelste slaapkamer stond een stapelbed en een stel geverniste kasten, volgepropt met de spullen van mijn broer: draden en radioonderdelen. Ze roken naar chemicaliën, zouten en geschroeid koper. Veeg, veeg, veeg, stamp. Voorbij de ingebouwde kasten en de rijen paperbacks, de meeste ervan poëziebundels, *Penguin Classics* met oranje kaft, boeken over boeddhisme en zen. De kleine voorkamer was van onze dienstbode, juffrouw Mary. Hoefde daar de vloer niet te vegen. Ze hield er niet van dat anderen er binnenkwamen. Altijd kaarsen aan het branden, altijd aan het jammeren en bidden.

Nu in de lengte van de planken. Door alle verblindende deuropeningen bij de ramen. De veeg van de bezem vertraagd, even opwippend aan het eind, voor het stampen. Nu zweefde het stof anders. Je zag het de glanzende leuningen van de stoelen en de rand van de lage gewreven tafel aanraken – heel licht aanraken voordat het wegdreef. Dan helemaal in de hoek van de huiskamer, bij het trapgat, waar nog meer boekenkasten doorzakten onder het gewicht van encyclopedieën en een aquarium. Tijdschriften en oude kranten uit Cuba lagen opgestapeld tot aan de vensterbanken. Het licht dat door de matglazen ruiten naar binnen viel, verlichtte de hele hoek. Veeg, veeg, veeg, stamp, stamp – tussen de ijzeren poten van de naaimachine en de hoek om naar het grote lege midden van de kamer waar het stofnest lag. De strooien Tibisiri-mat terugslaan en de glans van de vloer verdween. Een gestaag veeg, stamp, veeg, stamp nu, om het luie stof te verplaatsen. Het gaf je wel voldoening. Het verving de vrolijke deeltjes die omhoog en het raam uit gezweefd waren. Veeg, stamp, veeg, stamp, de andere helft. Nu kwamen alle stoffige zijriviertjes bij de grote rivier die langs de sofa de trap afstroomt in het donkere gat beneden bij de voordeur.

De rivier vloeit kalm omlaag – ik sta er met mijn voeten in en schuif hem over iedere tree naar de tree eronder. Beneden even stampen en eruit klimmen. Nu sta ik erboven, stoot met de onderkant van de bezem tegen de deur en laat de rivier op de laatste, donkerste tree schuimen. Dan de deur opengooien – iedereen van de overstroming redden. Kijk toch hoeveel stof er wegvliegt! Alles verdwijnt gewoon in het warme schelle licht.

Het stof dat niet kan vliegen, versmelt in de kale betonnen stoep. Een gedeelte glijdt van de rand. Zelfs mijn huid, klam van het zweet, deed dat stof verdwijnen. En de rest sloeg neer in de kloven op mijn grote tenen tussen doffe nagel en huid.

Er waren vier gekken in Tamarind Grove. Oom Joe was de veilige, de vriendelijke gek. Hij kon je met al je huiswerk helpen, rekenen of spellen. Als de school uit was, dromden kinderen in blauwe uniformen langs de kant van de weg om hem samen. Zodra ze hun som oplazen, mompelde of fluisterde hij de oplossing. Smoezelige handjes die stompjes potlood vasthielden vlogen over de oefenpagina's en vulden de cijfers in. En spellen. Ieder woord dat je riep kon hij spellen. Sommige kinderen porden hem, duwden hem, trokken aan zijn hemd, riepen woorden terwijl anderen meer sommen probeerden.

Grote mensen riepen nog moeilijkere woorden, keken of hij zich zou vergissen. Oom Joe vergiste zich nooit. Slim was hij, een genie zeiden wij. Hij was jaren geleden postdirecteur geweest, had zo hard gestudeerd dat hij niet goed wijs werd. Je zag ook dat hij veel had gestudeerd. Op zijn linkerpols, waar hij er met zijn hoofd op had geleund, zat een dikke bult, zo groot als een pingpongbal. En op zijn rechterhand, de vingers waarmee hij zijn pen vasthield, zaten een boel eeltknobbels. Dik en hard. Kwam van het vele schrijven. Al die uren met een pen in je hand geklemd – een mens moest er wel gek van worden. Maar om de een of andere reden kon oom Joe niet luid of zelfs niet gewoon meer praten, alleen maar fluisteren. Moest dezelfde reden zijn waarom hij de hele tijd glimlachte en met zijn hoofd schudde. Wou altijd aardig zijn. Als je met een te zware mand van de markt kwam, pakte hij hem voorzichtig uit je hand en droeg hem voor je. Als je op de hoofdweg in de gloeiende zon uit een taxi stapte, je armen vol tassen en een slapend kind, droeg hij die tassen helemaal voor je naar huis zonder ooit om geld te vragen. Als je een dollar liet vallen en het niet merkte, krabbelde hij ergens uit het stof overeind en liep je achterna om hem terug te geven, de hele tijd maar buigend en lachend. De mensen gaven hem eten, sigaretten, geld. Rum nam hij nooit aan. Soms kwam hij de tuin in en veegde het hele onderhuis, maakte de open goten schoon en als er dan niemand was, at hij de rijst die nog in de etensbak van de hond lag. Maar je schaamde je wel als hij dat deed, dan wou je dat je er geweest was om hem een boterham of wat suikerwater te geven.

Vandaag was hij al klaar met eten. Toen we na de lunch naar beneden kwamen, wij vier meisjes, lag hij onderuitgezakt tegen de muur onder het huis, snurkend als hij inademde, zijn knieën gebogen en opengeklapt, zijn gevlekte kaki broek strak getrokken tussen zijn benen. In het midden van zijn kruis, waar het stiksel was geknapt, zat een prachtig groot gat waardoor je zijn blote vel kon zien. Daar gingen we recht op af, duwend en dringend, onze kreten en gilletjes onderdrukkend, om eens een goed kijkje te nemen. We gluurden door dat gat in het duister van zijn broek. Daarbinnen, de kromming nauwelijks te zien, was een dikke dofbruine, bijna zwarte huid vol rimpels. Er glinsterden ook een paar haartjes. Een heleboel achter de kromming en een paar die omhoogkrulden uit de ballen. Leek op geen andere huid die ik ooit had gezien. Te dik en gerimpeld, niet glad en glanzend als de jonge ballen van mijn broer. Als je ze goed wou zien, moest je je helemaal vooroverbuigen en je adem inhouden. Nou had oom Joe een vreselijke hekel aan in bad gaan. En uit dat gat kwam de pure lucht van oom Joe recht op je af. Die echte zwerverslucht van zweet, pis, ouwe sigaretten en vieze kruisen. Die rook je ook als hij boos was. Naar adem snakkend en elkaar opzij duwend om aan de beurt te komen, grijnsden we als idioten en wankelden snikkend over de grond. Terwijl ik mijn hand over Rachels mond hield, mijn mouw nat omdat ik mijn eigen gegier probeerde te smoren, viel Judy om. Ze kon het niet meer houden. Rood en schuddend van het lachen, met die malle grijns op haar gezicht, botste ze tegen de voet van oom Joe. Meteen klapten zijn benen dicht. Zijn hand vloog naar zijn kruis en hij zat rechtop, met zijn andere hand in zijn slaapoogjes wrijvend. Wij lagen in een deuk. Stampten en sloegen op de grond. Holden voor hem heen en weer. Hielden mekaar vast en sloegen dubbel van het lachen alsof we overal scharnieren hadden. Toen hij weer uit zijn rooie oogjes kon kijken, begon hij ook te lachen, zijn benen recht vooruit en stijf samengedrukt. Hij lachte met dat heen en weer schuddende hoofd van hem. Zodat er nu vijf van ons aan dat dwaze gedoe onder het huis meededen.

In de voorkamer beneden stond een oude piano, een kleine vleugel – de derde poot een pakkist, de klep gebarsten. Zelfs op de warmste, droogste dagen, spreidde de doordringende geur van vochtige kranten, boeken en door muizen aangevreten vilt zich in deze gele kamer als een deken uit, die ergens ter hoogte van de vensterbanken hing en wegzweefde als je de voordeuren opende. Stapels muziekboeken, kartonnen dozen, houten kisten en kratten waren het enige publiek van de piano. Onder de piano stond het vol met publiek. De enige lege ruimte in de kamer was een L-vormig stuk vloer van pokkig beton.

'Ann, oom Joe. Ann. Weet u nog wel?'

'Ze is net uit Suriname terug, weet u.'

'U vin 'r aardig, hè, ouwe rakker?'

'Aaj, oom Joe, hoe kan u zo'n deftige dame nou aardig vinden.'

De geur van oom Joe zweefde rond de piano en vermengde zich met de lucht van boeken en aangevreten vilt. Sammy – ogen wijdopen – stond met haar hand op het slot van de voordeur, zogenaamd om hem in te sluiten en alle anderen buiten te sluiten, maar het leek meer of ze er elk moment vandoor kon gaan. Ik bewaakte de andere deur die uitkwam op de tussenkamer. We hadden hem in de hoek gedreven, aan het eind van de L, tegen de piano. Maar wij waren het die in de rats zaten, terwijl hij stilletjes over Ann droomde en langzaam van de ene voet op de andere ging staan, zijn hand nog altijd op zijn beschaamde kruis.

'Ja, oom Joe. U vin 'r lief. Ik weet dat u d'r lief vin. O, mijn gód, wat zou u met zo'n mooi meisje doen?'

Dat kietelde hem bij een van zijn nieren. Hij rilde en giechelde schokkerig.

'Jullie mogen nie zo over juffrouw Ann praten,' piepte hij. 'Juffrouw Ann is 'n nette dame. Ik vin juffrouw Ann heel aardig.'

'Nou, wat zou u doen als ze u ook aardig vond?'

Er ging weer een schokje door hem heen, zijn glimlach werd breder. 'Mij aardig vond? Als ze mij aardig vond?'

'Ja, oom Joe, ze vin u aardig. Dat heb ik zelf gehoord!'

'Met 'r trouwen. 't Is 'n nette dame. Ik zou met 'r trouwen.'

Hij fluisterde het zacht, telkens weer, terwijl hij heen en weer wiegde.

'Maar oom Joe, wat zou u doen als u eenmaal met 'r getrouwd was? Wat zou u dán doen, hè?'

Zijn hoofd ging met een ruk omhoog en hij keek ons onderzoekend aan. De bezorgde blik verdween van zijn gezicht en hij grijnsde naar ons.

'Jullie zijn heel slecht. Slechte kinderen. Niet lief.' Hij zei het huiverend, maar glimlachte de hele tijd met zijn schud-hoofd.

'We vragen u niet om wat slechts te doen, oom Joe. Alleen om te laten zien wat u met Ann zou doen als u met 'r getrouwd was. Alleen om 't te laten zien, meer niet.'

'Jullie willen zien wat ik met juffrouw Ann zou doen?'

'Ja. Ja... de piano is van juffrouw Ann.'

Hij draaide zich om naar de piano, leunde er met zijn middel tegen, streelde de ronding van de buik en mompelde: 'Juffrouw Ann? Juffrouw Ann?'

Wij raakten de piano nu ook aan en verdrongen ons aan de kant van het toetsenbord.

'Juffrouw Ann?' Hij boog zich langzaam voorover en liet zijn droge lippen op het hout rusten. Wreef ze in een boog over haar borst, terwijl hij met zijn hand haar zij streelde.

'O, juffrouw Ann,' met trillende stem.

'Wat doet-ie?'

'Ssst! Zie je niet dat-ie d'r kust?'

'O, juffrouw Ann. Juffrouw Ann lief, hè?'

'Uw pik, oom Joe. Wat zou u met uw pík doen?'

'Hm hmm? Juffrouw Ann is 'n aardige dame, hè?' Zijn hoofd hing helemaal op zijn borst terwijl hij die klep van de piano streelde. We zagen de bobbel van zijn kaki pik tussen hem en het gladde hout groter worden – steeds verder omhoogkomen tot hij tegen het touw duwde dat om zijn middel gebonden was. Hij bleef maar wrijven.

'Oom Joe, wa's dat? Dat hele ding is uw pik? Dat zou juffrouw Ann fijn vinden!'

'Aaj, juffrouw Ann. Juffrouw Ann lief, hè?'

'Haal em eruit, oom Joe, haal em eruit!'

'Hm hmm. Lieve juffrouw Ann.' Hij streelde haar nog steeds en nu ook zichzelf. Schuurde met de muis van zijn hand langs zijn broek, van de top van zijn pik naar beneden. De rits was al lang verdwenen, de gulp alleen maar dichtgevouwen en op zijn plaats gehouden door het touw. Hij stak zijn hand erin en haalde een kolossaal ding te voorschijn.

'Woeaa! Ezelpik!' Had nog nooit een pik van een grote man gezien, al helemaal niet zo'n lange, al helemaal niet zo'n zwarte, al helemaal niet van zo dichtbij. Bleef maar kijken. Hij hield hem vast alsof hij niet bij hem hoorde.

'Ezelpik! Ezelpik!' Verschilde niet veel van een ezelpik, strakke huid, met een donkere glans, op dezelfde manier teruggeschoven achter de eikel. Wiebelde ook op dezelfde manier, alleen hing hij niet omlaag maar omhoog. Leek of hij vanzelf bewoog. Oom Joe wist niet eens wat hij ermee aan moest, met zijn beschaamde ding. Hij keek ernaar, net als wij. Terwijl we er allemaal naar keken, ging het langzaam omlaag. Het kromp in zijn hand en het werd zwarter, tot hij het woog en met een kletsend geluid op zijn palm liet vallen, glimlachend met zijn schud-hoofd.

'Dit zou juffrouw Ann fijn vinden? Lieve juffrouw Ann?' Hij kneep zijn billen bij elkaar en duwde het uiteinde van zijn zachte pik tegen haar aan, terwijl hij de losse huid met zijn vingers omhoogschoof. We haastten ons om de piano heen om de vlek te zien die hij op het hout had achtergelaten. Een nieuwe geur vermengde zich met die zure middaglucht. Zijn droge hand die over het mahoniehout schraapte, het enige geluid in de kamer nu.

'Gaan jullie nou pianospelen? Vooruit, ga spelen. Laat juffrouw Ann voor me zingen. Lieve juffrouw Ann.'

We moesten wel. Lieten juffrouw Ann een uur lang zingen.

Boven in de djamboeboom, de boom die in de hoek van de tuin stond, was de vergaderzaal. De witte onderkanten van de enigszins ronde blaadjes vormden golvende kanten gordijnen die ons net genoeg verborgen. Je kon zitten waar de takken geen stekels hadden maar als je te vlug opstond, prikten ze je in je hoofd. Dit was de zoete djamboeboom, waarvan je kon eten tot je buik ervan schuimde. Hiervandaan hielden mijn zusje Sammy en ik, Judy en Rachel DeAbro de waranda van de familie DeAbro aan de overkant van de zijstraat en de lege voortrap van de familie Baker in de gaten. Hier keken en wachtten we tot Mikey, de zoon van buurvrouw Mildred, voorbijkwam. Tussen het vergaderen en de wacht houden door, keken we wie het diepste holletje in de aarde onder ons kon plassen. Op onze hurken gezeten, ons stevig vasthoudend, naast elkaar op een tak, begonnen we tegelijkertijd te plassen. Judy's straal schoot altijd het verst weg en onze borende, klaterende geluiden werden langzaam zwakker. Als het net geregend had, dreven er kleine stoomwolkjes van de warme plasholletjes weg, die verdwenen waren tegen de tijd dat we naar beneden klauterden om ze te inspecteren.

Als ratten van de ene boom naar de andere rennen. Vlug langs de stam van de djamboeboom omlaag en omhoog in de knippaboom. Dat was een mannetje. Er konden geen vruchten aan komen, maar hij speelde met ons, boog zijn takken tot ze op de grond hingen. Liet je op je buik omlaagglijden, de gladde groene schors op je dijen. Maar de zoete djamboeboom stond pal. Haalde geeneens een stekel uit de weg.

Dan naar de bittere djamboeboom. Daaronder had je gladde kale grond en schaduw. Alleen via de knobbels op de dikke stam, waar hij zijn armen naar buiten probeerde te steken, kon je op de grote tak komen die zich horizontaal uitstrekte, hoog boven de grond. Alle onrust in je lijf moest tot bedaren komen als je in die boom wilde klimmen. Maar werkte je je omhoog, balancerend met de kleinere zijtak, werd je helemaal warm vanbinnen, heel trots dat je er was. De onrust lekt langzaam uit je gekromde vingers in de tak. En de ruwe schors die op je borstbeen drukt, zei kalm-aan-maar tegen je hart. De grond leek ver maar niet zo ver. Als de boom lang genoeg tegen je praatte, kon je zó omlaagspringen. Gewoon vanaf je hurken op die dikke tak een sprong doen. Als je neerkwam, knikten je knieën, kletsten je handen op de grond. Een paar tellen lang voelde je de prikkels langzaam van je voetzolen naar je hoofd gaan, tot je besefte dat je het had klaargespeeld.

Rondhangen bij het kippenhok onder de sterappelboom. Luieren waar je vanuit het keukenraam niet te zien was. Die koele sterappelboom in het midden van de tuin. Heel hoog, hoger dan de keuken. Met van die mooie blaadjes, als de oktoberbladeren in de Canadese almanak. Goud, oranje, rood, groen. Dit is de boom van de dromers. Als ik op het warme zink van het kippenhok lag, vloog ik omhoog door die stijve, droge bladeren en streek er het goudstof af. Ging op een dunne tak naast een grote grietjebie zitten die sterappelsap van zijn snavel poetste. Wreef de schil van een gladde groene vrucht tot hij glom. Stootte tegen de glanzende paarse tot ze vielen. Het droge knappen van een brekend takje was het geluid van toverij dat overal rondom me knisperde en glinsterde. Als ik niet rondvloog in die boom en weer zo groot was als een mens, tikte ik met mijn pink op die speciale dikke knobbels, die met het gaatje in het midden. Wachtte tot ik de toverij eruit zag trippelen.

'Pak 'n lange stok.'

'Nee, de hark.' Als je ze er met stenen uit kogelde, zou paps vast en zeker naar buiten komen en je op je kop geven.

De kleine mangoboom, die dicht bij de keukengoot stond, gaf ons ieder jaar zonder klagen groene mango's tot hij kaal was. Dan zat er geen bloesem, zelfs geen onrijpe mango meer aan. Was geen boom om in te zitten of uit te springen, alleen maar om van te plukken. Was geen mooie boom of moeilijke boom maar een die vruchten droeg. Honderden kleine groene mango's ieder seizoen, waarvan er een heleboel de kans niet kregen om te rijpen omdat het altijd een van de eerste bomen in het dorp was waaraan fruit hing. Iedereen kwam 'twee groene mango' halen voor een kerrieschotel, of een stuk of tien voor zoetzuur. We aten zoetzuur tot we geen hap meer konden eten – tong uit de mond en loopneus van de hete peper, lippen paars van de azijn. Het vocht onder in de kom was het lekkerst – we doopten er de mangozaden in en schraapten het eruit tot je tanden jeukten. Namen er om de beurt een teug van, met je hele hoofd in die plastic kom, prikkende ogen, kramp in je buik. Op een dag besloten Sammy en Rachel dat ze niet genoeg sap hadden gekregen. Ze gingen naar de kamer waar de tofoe werd bewaard en pakten het azijnzuur. Verdunden het niet, dachten dat het nog beter zou smaken als het sterk was. Ze vermengden het met een beetje zout en peper en sloegen allebei zowat een half kopje achterover. Je had ze moeten horen brullen! Ze sprongen op en neer, stampten en hielden hun buik vast. We brachten ze gauw naar boven en mams begon water in hun keel te gieten terwijl ze tekeerging, en zij maar brullen en gorgelen. Nog meer water. Grote scheplepels vol, daarna melk en nog meer melk, terwijl de tranen uit hun ogen stroomden.

Ik zat op de brede leuning boven aan de trap in de keuken te wachten tot de karamel van mijn zusje klaar was en kon het trillen van de handmolen voelen die vastgeklemd was op de vierde tree in de kamer onder mij.

'Ik kom zó terug om wat te proeven,' zei ik tegen mijn zusje.

Liet me van de leuning glijden en sloop zachtjes de trap af.

Omdat ik wist dat ik er niks te zoeken had, hield ik mijn adem in tot ik bij de deur met de grote schuif en de vastgespijkerde rubber strips kwam. Ik weet dat Ramesh aan de andere kant staat, zijn slappe hoed diep in zijn ogen, terwijl hij zijn partij sojabonen voor vandaag begint te malen. Nadat ik de deur net ver genoeg had opengeduwd om mijn hoofd erom te steken, zag ik het topje van zijn grijze geribbelde hoed – zijn hoofd onder de leuning verborgen, vlak boven de molen. Hij keek amper naar mijn voet, niet verrast.

'Lu...la,' aan het eind omhooggaand alsof het een Indiase naam was.

Ik gaf geen antwoord, hield op met sluipen en liep bonkend de rest van de treden af. Ik leunde tegen de koele lichtgroene betonnen muur en wiegde heen en weer zodat mijn hele rug ertegenaan kwam. Het voelde prettig op mijn blote schouderbladen en de achterkant van mijn armen. Het gerafelde stuk jutezak waarop ik stond, begon langzaam van de muur weg te glijden. Ik hoefde niks te zeggen – de molen praat nu, luid en met veel lawaai. Een dikke man die tegelijkertijd eet en boert en kauwt en praat. De sojapuree kwam als een kronkelende sliert tussen de twee maalschijven aan de voorkant van de molen te voorschijn die een smerig, plakkerig geluid van smakkende lippen maakte. Het zware geruis van de zwengel: een geluid van een rommelende buik, knarsende tanden. Dikke kleine boontjes tuimelden in de gapende zilveren mond van de gietijzeren molen en rolden helemaal rond voordat ze werden doorgeslikt. Ik wiegde langzaam heen en weer en keek naar Ramesh die draaide tot die geluiden en bewegingen een ritme werden. Hij droeg de ene na de andere kop vol aan en liet ze langzaam in de mond stromen zodat hij nooit leeg was. Je kon je ogen niet afhouwen van die bonen in die mond. Ze werden omlaaggezogen en wipten dan weer omhoog. Glanzende, roomgele dikke bonen met zwarte naveltjes. En ook een paar die uit hun velletje waren geknapt en zich in tweeën hadden gespleten, verdwenen in die keel. De brij hoopte zich op in de plastic emmer die onder de rand van de maalschijven was geschoven. Rijzend en smakkend, omhoogkronkelend tot er een brok omlaagtuimelde. Ramesh stopte even om de schijven met een mes af te schrapen en de stapel af te platten.

'Mala is karamel aan 't maken,' zei ik, terwijl ik me verplaatste naar de vensterbank dichtbij.

'Hm hmm,' weer omhoog aan het eind, alsof het interessant nieuws was maar niets met hem te maken had. Alsof ik maar weer wat mals zei.

Ik ging op de vensterbank zitten, met mijn knieën zo ver van mekaar dat de zoom van mijn jurk een beetje omhoogschoof. Hij keek me nooit recht aan als ik tegen hem praatte. Was altijd in de weer, vond wat om te doen of wat anders om naar te staren. Ik bleef naar hem kijken. Het topje van zijn hoed stak vlak onder de leuning. Kon zijn ogen niet zien, alleen zijn lange neus, de donshaartjes eronder en zijn lippen die een beetje naar boven krulden met een half glimlachje. Ik glimlachte ook. De vroege-middaglucht gevuld met de naar melk en noten ruikende geur van gemalen bonen en de kamer rondom ons half duister. Gekromde silhouetten van zakken, manden en emmers tegen de muur achter hem.

Ramesh werkte beneden: hield de tuin bij, veegde en maakte de tofoe. Ik keek altijd naar zijn enorme voeten terwijl hij de sojamelk kookte. Kende alle contouren ervan. Alleen zijn grote teen raakte de grond als hij stond. En al zijn tenen wezen een andere kant uit, van de grond af gehouden door voetzolen met dikke kussentjes eronder en indrukwekkende hielen aan het eind. Paps had me eens verteld dat rijstarbeiders en mensen die op koeien passen eendenvoeten kregen omdat ze zo vaak in de modder liepen – hun tenen werden gespreid en bleven zo. De teennagels van Ramesh waren vierkant en omrand met donkere modder. Ik wist hoe zijn voeten klonken als ze op beton liepen. Als hij rende zag ik een haan, die voorbijdraafde met gebogen armen, vleugels een beetje geheven, borst vooruit en grote hielen die als sporen omhoogstaken.

Maar waar ik nu naar op zoek ben, zijn nieuwe tekens. Zocht naar nieuwe tekens op zijn borst tot waar zijn hemd was dichtgeknoopt. En op zijn kin. Kleine zweetpareltjes trilden in het dons boven zijn lip en op zijn borst. Ik bleef staren. Tussen het babyhaar dat de druppeltjes op zijn huid hield, groeiden een paar stugge, zwarte plukjes haar. En op zijn kin – nog twee! Zomaar uitspruitend. Zowat een centimeter lang! Belachelijke dingen.

'Hé, hé jongen! Vangen!' gilde ik, terwijl ik van de vensterbank sprong en mijn hoofd voor de brakende molen duwde zodat ik zijn hele gezicht kon zien.

Hij veegde zijn kin aan zijn schouder af en probeerde zijn breder wordende glimlach te verbergen.

'Je heb twee haren op je gezicht!' riep ik boven het lawaai uit, lachend als een idioot. Trok zijn hoed van zijn hoofd. Hij hield op met malen en pakte hem van me af. Gaf me er een tik mee tegen mijn voet, terwijl ik de trap opholde. Naar de karamel die lag af te koelen in de lege keuken.

Stil in huis. Zelfs stil in de tuin. De middaghitte koeler nu voelde aan alsof het vier uur was. Mams en paps lagen nog te rusten. Ik glipte het tuinhekje uit, met dat vier-uurgevoel vanbinnen. Zon was nog te warm om je snel te bewegen. Brandde in mijn nek terwijl ik de hanenpoepbuikvisjes in de open goot langs onze schutting bekeek. Die kleine hongerige dingen waren altijd op zoek naar eten en schoten heen en weer – zilveren kopjes en doorzichtige flitsen die afstaken tegen het gladde groene slib. Een zwanger visje zwom voorbij en ik tuurde ernaar om haar eitjes door haar doorzichtige lijfje te kunnen zien. Ze had geen plaats voor poep in haar buik. Drie stomme muggenlarven kronkelden en verraadden waar ze waren. Ik ging rechtop staan. Keek om me heen, met mijn vier-uurgevoel. Niemand op straat. Geen hond of haan.

Langzaam liep ik langs de goot naast onze schutting van groenharthout. Het gras was springerig en dik bij de rand. Altijd bloeiende kogelamaranten stonden met hun voeten in de goot. Hun verblindend rode koppen even hoog als de zilvergrijze paalpunten. Om de hoek, in de straat van de familie DeAbro, was de goot een rode rimpeling van ringwormen. Op een warme middag zoals deze wiegden ze zacht in het ondiepe water. Bijna de hele weg was gladde aarde, maar een met gras begroeid plekje had de grijze glans van verse natte modder waar een van de varkens was geweest. Ik zag het verderop bij het huis van de DeAbro's met zijn snuit in de goot wroeten. Ik liep voorzichtig om de varkensmodder heen. Mams had me gezegd niet op mijn blote voeten door zulke modder te lopen vanwege de mijnwormen. Soms kon je ze zien, als je varkensmodder op straat uitspreidde: dikke witte worstjes met wriemelende staartjes. Ik snapte niet hoe een van die dikke dingen door de huid van mijn voetzool zou kunnen gaan zonder dat ik het voelde. Mijn voeten begonnen te jeuken als ik eraan dacht. 't Had niet veel zin om ze nu op te gaan graven, zo helemaal in mijn eentje. Strekte me uit om een tak te pakken die in het water hing en schudde hem een beetje. De ringwormen kronkelden weg en zonken kalm om een plukje mos neer.

Mijn zusje Sammy was Judy en Rachel DeAbro aan het helpen met suiker in zakken doen, in de winkel van hun vader. Maar ik niet vanmiddag. Ik sprong over de goot en kroop door het gat in de schutting naar het lege terrein. Daar groeiden alleen maar struikgewas en twee bomen: een grote knippaboom in het midden en een kersenboom die tegen de schutting leunde. Ik ging op de kersenboom af. De droge prikkende takjes van de zwarte saliebosjes krasten witte strepen op mijn scheenbenen. De middag voelde er warmer door. De salieblaadjes die ik vertrapte roken naar zoethout. De tandenborstel van de armen – als je er een takje afbrak en op het uiteinde kauwde. Sterk, goed voor je tandvlees. We probeerden het soms als we geen fruit konden vinden. De kersenboom was wispelturig. Ditmaal zat er amper wat aan, alleen een paar groene kersen. Maar hij gaf tenminste schaduw, een met takjes en dorre bladeren bedekte plek op de grond. Maar je moest toch oppassen voor gebroken flessen. De mensen gooiden ze altijd op dat terrein om de eigenaars te pesten die niet uit Tamarind Grove kwamen. Ik bekeek de beschaduwde grond aandachtiger om te zien of ik 'belangrijke aanwijzingen' kon ontdekken: ouwe tandenborstels van de familie DeAbro, stukjes kam, een deel van een haarborstel. Ik vond alleen maar een poppenoog en een paar ouwe blauwe plastic kralen van een rozenkrans. De groene kersen schommelden aan de boom, te hoog voor mij om erbij te kunnen, zelfs met een stok. Ging terug door de prikkende zwarte salie en zag dit keer een paar van de kleine rode besjes boven aan een van de bosjes. Er zat maar weinig smaak aan, niet zo doordringend als het hout, haast alleen pitjes. Ik liep terug naar de grote straat. Het vier-uurgevoel verflauwde. Ik liet het achter aan het begin van het straatje van de familie DeAbro en wandelde verder in de richting van Scheme.

Er liepen nu wat mensen rond. Ze kwamen hun straatjes uit. De vrouw van Boila kwam uit het hek voor hun kroeg en ging met haar oliefles naar de winkel van DeAbro. De kroeg zag er overdag belachelijk uit: helder turkoois, met grote zwarte, gele en rode stippen op de betonnen gevel geschilderd. Binnen was het altijd nacht, zwart geschilderd, met foto's van meisjes aan de muren, maar die kon je amper zien. De kroeg van Boila was het enige betonnen gebouw van de Hoofdweg tot aan Scheme. Daar was mevrouw Boila trots op. Als ze ruziemaakte, schold ze de mensen op 't laatst altijd uit om hun gammele houten huizen.

Langs het huis van de familie Harper dat een eindje van de weg af stond en achter een broodboom te voorschijn piepte. Wilde tarobladeren schoten hier uit de goot op, groot en hartvormig. De randen van de bladeren waren opgerold en toen ik langsliep, lieten ze me hun poederachtige witte onderkant zien, buigend en dansend op bleekgroene stengels terwijl er een lichte wind opstak. Ik liep sneller nu. Ging verder, langs het huis van juffrouw Isaac, zo nieuw dat het hout nog niet zilvergrijs was, maar nog steeds donkerbruin. Ze had geen leeg onderhuis zoals de meeste mensen. De benedenverdieping was nooit afgewerkt. Ze hield er haar beste koeien in. Het vochtige hout zoog de lucht van koeienmest zo sterk op, dat ze hem er nooit uit zou kunnen krijgen. De andere koeien sliepen buiten, in wrakkige hokken. Overal in haar modderige voortuin zaten gaten van koeienhoeven. Diepe gaten. Ze had planken neergelegd om van haar stoep bij haar brug te kunnen komen, maar de hoeven trapten daar ook op, zodat ze kantelden en draaiden en met modder besmeurd raakten. Hoefgaten verspreidden zich van de brug naar de rand van de weg. Soms lieten de koeien de brug gewoon links liggen en klosten ze door de goot terwijl zij over de brug stapte, altijd achter ze aan dravend met de gummilaarzen van haar zoon aan.

Tegenover haar tuin stond het huis met de langste voortuin. Daar gingen we vruchten-ijsblokjes kopen. Door het keurige hekje, langs de twee stroken beton, even ver van mekaar als de wielen van een auto. Uit die voortuin rezen maar twee kokosbomen op, die hoger reikten dan het huis. Een rijk uitziend grastapijt ontrolde zich van het huis met de auto eronder naar de omheining van draadgaas. Zelfs tussen de stroken beton. Wat ze gazongras noemden. De man die er woonde moest een gazonmaaier hebben vanwege dat gras en daar pronkte hij om de twee weken mee. Maar ik snapte nooit waarom mensen die zo rijk waren – met een auto en gazongras – ijsblokjes moesten verkopen. Onze zweterige centen aannamen en er een glazen pot mee vulden die op hun koelkast stond. Iedere keer als we die trap opklommen naar de open halve deur en in de warme zon wachtten, keek ik naar die pot. Waar hadden ze die centen voor nodig? Terwijl ik in de koele keuken gluurde, luisterde of het dienstmeisje eraan kwam, haar voeten op de schone linoleumvloer hoorde plakken, toekeek hoe haar schone handen de ijsblokjes met een tang te voorschijn haalden en twee ervan in mijn hand legden, mijn zes centen aanpakten en nog een blokje in mijn andere hand lieten vallen, wist ik dat ze die centen niet echt nodig hadden. Ik wist het door de manier waarop ze die in de pot gooide als we er vlug vandoor gingen, likkend aan onze druipende vuisten zodat hun brandschone trap niet kleverig zou worden. Datzelfde meisje schuurde die treden iedere zaterdag tot ze glad als zijde en zilverig in het zonlicht waren.

Nu langs de straat van Look-Back, naar het geraamte van de wonderboom aan het eind van de asfaltweg. Daar maakte de goot zijn laatste bocht naar de laatste zijstraat voordat het ruwe en onbeschutte onder je voeten en in de lucht begon. De wind werd hier krachtiger. Ik liep vlugger. Strompelde bijna over de met grind bezaaide grasrand van het brede pad. Mijn longen vulden zich met de grotere ruimte. Vlak onbebouwd land met lang gras. Geen grote bomen meer. De zeedijk in de verte was niet meer dan een grijs lint. Ik wist nu waar ik naar toe ging. Zou op de plankbrug over het Fortykanaal gaan liggen en naar de hassar-meervallen kijken.

Ik strekte me uit op de plank. Schoof mijn bloes omhoog zodat mijn buik op het warme hout kon liggen. Liet mijn twee vlechten en lange armen omlaagbungelen. Mijn wang werd ook warm, terwijl ik de ondiepe kant van het kanaal afspeurde om te zien of ik iets zag bewegen. Net onder het oppervlak, in het midden waar het water diep was, zag ik ze. Ze zwommen of ze alle tijd van de wereld hadden. Niet koud, niet warm. Gewoon lauw als het water. Bruin en melkachtig als het water. Ze bogen hun dikke lichaam van links naar rechts en volgden hun brede platte bek. Hun lange snorsprieten gleden door het water en spoorden dingen op die ik niet kon zien. De rookvis was donkerder en zwom dieper, een schaduw bijna.

Enorme wolken zweefden boven mijn rug en dreven naar ons huis. De achterkant van mijn benen koelde af. Ik zwaaide zachtjes met mijn armen om te zien of de beweging de vissen zou verjagen. Ze lieten zich niet van de wijs brengen. Niet door mij en niet door de plotselinge wind die het oppervlak rimpelde en het water met kleine kusgeluidjes in de hoekjes bij het riet deed klotsen. Ze maakten zich er niet druk om dat het laat werd of dat het vanavond misschien zou regenen. Het kon ze gewoon niet schelen.

Die avond aten we rijst en stoofpot. Een stoofpot van tofoe en ogenbonen, met pompoen en *baghee* erbij.

'Geef de groente eens door, Lula.'

Ik gaf de baghee door. Volgens paps heette deze soort groente zo door heel Guyana. Ik gaf hem door aan Mala en zij boog zich naar voren en gaf hem door aan Emanja die tegenover haar zat. Mams zat aan haar eind van de twee tegen elkaar geschoven tafels en paps aan zijn eind bij het raam. Vroeger zaten we met meer aan tafel, maar de twee oudste meisjes woonden al lang niet meer thuis en waren naar Engeland teruggegaan. Mijn jongste zusje Saskia zat in haar oude kinderstoel gewrongen naast paps. Aan de andere kant van hem hing mijn broer Yan op het ingebouwde bankje van de keukentrap. Hij liet nooit iemand anders daar zitten, omdat vlak achter hem de rij grote trommels met crackers stond. De crackerkoning. Probeerde altijd de baas te spelen over de trommels en deelde de crackers uit alsof we hem moesten vangen. En als hij klaar was met eten en 'neem me niet kwalijk dat ik van tafel ga' zei, gaf hij een harde klap op de trommels terwijl hij wegrende. Maar alleen als paps er niet was.

Sammy en ik keken elkaar over de rand van ons bord aan en schatten hoeveel baghee erop lag door elkaar in de ogen te staren. Sammy deed altijd moeilijk met eten. Ze kieskauwde op alles en zei dan dat ze meer gekregen had dan ik en ze was toch kleiner dus waarom moest ze haar bord leegeten. Paps zat te ver weg, helemaal aan het andere eind van de tafel, om te weten of het waar was. Mams ging er meestal gewoon niet op in. Paps schepte het laatste restje pompoen op zijn bord en dat van Saskia.

'Zuinigheid met vlijt bouwt huizen als paleizen!'

Hij schraapte de schaal nog eens uit hoewel hij leeg was. We keken allemaal naar hem, mes en vork in de hand, en wachtten tot hij hem neer zou zetten.

'Dit ziet er heerlijk uit, mams!'

We begonnen te eten.

'Kijk eens naar al die kleuren op je bord. Kijk eens naar dat oranje en groen samen.'

Saskia was druk bezig het oranje en groen naar binnen te werken en keek hem aan met een mond vol instemming.

'Weet je, dat is de helft van de kookkunst, een mooie combinatie van kleuren maken.'

In de stilte was iedereen aan het kauwen, drinken, nog een hapje op zijn vork aan het schuiven. Een sterke bries zoog de lucht door de keuken zodat het muggengaas tegen de raamkozijnen werd gedrukt. Plukjes haar ontsnapten aan de paardenstaart van paps, wipten omhoog en eruit. Hij streek over zijn lange puntige baard en grijnsde naar mams.

'Ik geloof dat we vanavond regen krijgen.'

Vanaf mijn plaats naast mams leek hij zo ver weg. Donker en koel, met de rondvliegende plukjes haar en zijn witte tanden en baard die zo sterk afstaken. Door de v-hals van zijn roomgele shirt scheen zijn baard nog puntiger omlaag te wijzen en zijn schouders verdwenen tegen de achtergrond van de roomgele muur. De lampen waren al aan. Mams zag er nog warm en blozend uit van het koken. Ze glimlachte in zichzelf om het enthousiasme van paps voor het eten en het weer. Sproeten bespikkelden haar gezicht en hals. Haar blote oranjebruine schouders waren zacht en rond. Die krachtige Europese neus, het rechte voorhoofd en de welving van haar lippen, toonden nog iets van een goede afkomst. 'Bourgeois,' noemde paps haar. Zij was een meisje van een nonnenschool toen ze elkaar in Georgetown ontmoetten, hij een jonge journalist. Ze waren lang geleden in New Amsterdam getrouwd. Onder haar huid kon ik de oude gelaatstrekken zien van de zwart-witfoto's in het huwelijksalbum. Onder paps' huid ook. En hoewel zijn haar nu lang was en zijn baard grijs werd, zag ik soms toch opeens diezelfde glimlach verschijnen als hij mams aan het plagen was en keek hoe ver hij kon gaan voordat ze zei dat hij moest ophouden met die kletspraat.

Die oude foto's met wazige milde gezichten en een volmaakte huid. Mulattenvrouwen met glad voorhoofd, volle lippen en een weemoedige glimlach, smalle taille en kleine handen. Mannen die poseerden met linnen flodderbroeken aan, cricketkleding en gepommadeerd golvend haar. Rechthoekige zwempakken die gedragen werden met bobbelige rubber badmutsen. Grote afgeronde auto's in Engelse straten. Wijde rokken en fietsen in een veld. Kinderwagens en baby's met mutsjes. Een glimlachende jonge paps, zijn haar kortgeknipt, met blanke mensen en een grote oude opnamemicrofoon van de BBC. Mams beantwoordde onze vragen: wie wie is, wat paps aan het doen was, wat hij daarna deed, waar de familie naar toe ging. Maar nu wijdde paps zijn dagen aan het verenigen van naties. Vond genoeg te doen nadat hij al die boeken in huis had gelezen. Had overdag nooit voldoende tijd om aan nieuwe projecten te beginnen dus was hij 's nachts ook op, ijsbeerde op zijn slippers van de keukentafel naar de ramen aan de voorzijde. Flip-flap, flip-flap. Op en neer. Dan bam, bam, bam, op zijn oude Remington-typemachine. Ik wist dat het een Remington was, want dat woord stond in uitspringende letters op de bolle metalen voorkant. Soms stond hij daar op de keukentafel, de onderkant van de koffer gevoerd met heldergroen vilt. Niemand mocht eraan komen. Paps was er trots op omdat hij zo oud was en het nog steeds zo goed deed en omdat een heleboel belangrijke schrijvers Remington-typemachines hadden gebruikt. Ik wist nooit wat hij 's nachts zo luid aan het typen was. 'Werk,' zei mams. En doordat zijn adrenalineklieren overuren maakten, sliep hij niet. Soms las ze overdag zijn 'voorstellen' terwijl hij voor haar heen en weer liep en over zijn baard streek.

'Hoe ga je dit noemen?' vroeg mams hem nu.

'O, ik heb al een naam, het Bantoegenootschap.'

'Nee toch?'

'O ja! Ik heb er goed over nagedacht.'

'Maar dat is Afrikaans, paps,' wierp Mala tegen. 'Wat heeft Afrika met Tamarind Grove te maken?'

'De bantoes zijn een heel sterk, onafhankelijk volk. Het zou een eer voor deze groep zijn om de bantoenaam te gebruiken als symbool voor hun streven.' Paps sprak altijd netjes.

'Maar wie zou dat begrijpen?'

'Aha! Onderschat nooit de intelligentie van eenvoudige mensen! Ik zal het ze uitleggen en het vervolgens in stemming brengen.'

'Ze stemmen over de naam?'

'Iedereen moet zijn zegje kunnen doen...'

'Maar je hebt 't al besloten!'

'Ja, bantoemensen!' Yan begon op de tafel te trommelen.

'De hele groep zal zijn eigen leiders kiezen en aanstellen.'

'Er komen bantoemensen naar Tamarind Grove?'

'En waar moet dit trouwens gebeuren? Al dat wegen en verdelen waar je 't over had?' vroeg mams geduldig.

'Wat? Wat gaan ze wegen en verdelen?' vroeg Yan terwijl hij zich tot paps wendde. We keken allemaal naar paps, maar toen hij begon te praten verslapte onze aandacht. Ik wierp een blik op

Sammy die haar eten op haar bord rondschoof. Emanja probeerde zich te concentreren op iets boven paps' hoofd.

'Het Bantoegenootschap zal de mensen van Tamarind Grove een bron van inkomsten verschaffen. Iedereen kan zich erbij aansluiten, lid worden en kiezen wat en hoeveel ze willen verwerken. En tevens hun deel van het noodzakelijke werk verrichten.'

'En dat is?'

'Het wegen en noteren van de hoeveelheden.'

'Maar wát wegen en verdelen ze dan?' vroeg Yan weer.

Paps keek hem even aan.

'De Guyana Markt Coöperatie, de GMC, verkoopt gember en cassave en er is een exportmarkt voor gedróógde gember en zetmeel.'

Paps vertelde verder over wat de bantoes zouden doen. Hij straalde weer. Mijn blik verplaatste zich naar mams. Soms, als iedereen aan het praten was en de woorden over en weer schoten, speelde ik pingpong met mijn ogen en keek of ik die heen en weer vliegende woorden kon bijhouden. Dure stadswoorden van mijn grote zussen. Een paar verhaspelde uit Yans mond. Kleine korte woordjes van Saskia. Vlugge krullige van Sammy. Liet ze gewoon van links naar rechts over de lange tafel flitsen naar de volgende speler.

De langzame gestage woorden van mams stuiterden zwaar omlaag naar die van paps. 'Dus dat sorteren en verzamelen gaat beneden gebeuren, neem ik aan?'

'Nou ja, het is het grootste onderhuis in de buurt. En de enige reden waarom we hier wonen is om het dorp vooruit te helpen.'

'Vrachtwagens die af en aan rijden.' Ze stuiterden nog trager over de tafel. Misten nauwelijks de borden.

'Dat is maar om de veertien dagen!' veerden de woorden van paps terug.

'Mensen die af en aan lopen, de tuin in en uit. Die lawaai maken.'

'O, daar zou ik geen last van hebben!'

'Goed. Maar ik wil je niet horen klagen als je geen rust kan krijgen.' De woorden rolden helemaal naar het bord van paps. Draaiden kalm om de glazen en de grote kan heen. Kwamen met een zacht tikje tegen de rand van zijn bord tot stilstand.

In de bocht van het huis stond de grote dikke Buxton Spice, de mangoboom. Zo dicht bij het huis dat hij alles kon zien: door de bovenramen, het raam op de overloop, in de keuken, zelfs in de badkamer en het toilet. Zo groot dat ik er niet in kon klimmen. Van die boom hield ik niet. Als je de trap afliep voelde je dat dat ding wist wat je dacht. Kwam je met je hoofd bij het raam dan zag je daar die dikke zwartgroene tak. Hij wist te veel. Alle geruzie in de keuken, het gefluister in de slaapkamers, zelfs je geheime gedachten als je op de wc zat – er kraste altijd zo'n ellendig mangoblad over de buitenkant van het matglas. Er leefden jowari's in. En korstmossen en schimmels en de grote powisievogel. Rijpe zwartgevlekte mango's spatten uit elkaar op het beton eronder. Soms klommen Ramesh en Mikey omhoog om de stevige trossen te plukken. Zaten tien meter boven de septictank gek te doen en zich uit te sloven. Dwaas gedoe. Ik keek zwijgend naar ze vanuit mijn slaapkamerraam. Deed net alsof ik niet eens groene mango's wilde. 's Avonds laat sloofden mijn grotere zussen zich ook uit. Gingen in het maanlicht het dak op om groene mango's te plukken, die ze ter plekke opaten. Lummelend en zich belachelijk aanstellend.

Zijn mango's waren zoet, maar ik wilde hem nooit laten merken hoe lekker ik ze vond. Maar die rotboom wist het toch. Hij wist alles maar vertelde me niks. Stond daar maar op te zwellen van alle geheimen. Niet alleen de geheimen van ons huis. Hij kon de hele straat voor ons huis overzien. Keek in het huis van de familie Peters aan de overkant, op het dak van de schuur tegenover ons, tot aan de winkel van DeAbro. Zelfs in het afgesloten huis van tante Ruth achter de winkel. En in het koeienweitje van juffrouw Isaac. In alle zijstraten en door de ramen van het huis van de dominee. 's Zaterdags keek hij hoe alle marktkramen overeind werden gezet, oprijzend en zich verspreidend van de Hoofdweg tot de tuin van juf Dolly. Hij kon de spelletjes zien die de kinderen op het schoolplein speelden, kon het benzinestation zien waar Bottom House Crappo 's avonds zat. Tot achter de Hoofdweg – een heel stuk verder – bij Backdam. Kon zelfs het fruit aan de bomen zien en de felgroene glans van de bladeren van de waterhyacint die daar de bruine kanalen verstopten.

En ook helemaal in het rond. Hij kon achter ons huis kijken. Achter het lege stuk grond tot aan het warme, stille kerkhof. Wist waar meneer Man lag begraven en waar Pasa de doodgraver de volgende kuil zou graven. En verder naar de plek waar de rode kleioevers van het Broadiekanaal glad waren omdat we ons daar in het melkige theewater lieten glijden. Zag ons plonzen en elkaar in het diepe gedeelte duwen, waar we niet mochten zwemmen.

Kon zelfs over de daken kijken, tussen de hoge zwaaiende kokosbomen, langs de koepel van de kapotte moskee, naar de eindeloze zeedijk en de verre bruine zee. Hij kon zien wanneer het eb werd en vissers op houten planken kropen, zich trappelend van de kant duwden en naar hun sleepnetten gleden die aan staken in de modder waren gebonden. Snelle slakken die wegglibberden over een uitgestrekte vlakte van gladde grijze modder en in het licht van de ondergaande zon glinsterende sporen achterlieten. Dan traag terugkeerden, met kisten vol spartelende vissen, dikke modderkousen tot aan hun knieën en de aders kloppend op hun dijen.

Ik wist dat hij overal in Guyana dingen kon horen gebeuren.

Geluiden van het gekkenhuis van Berbice, het stadhuis van New Amsterdam, het huis van de president in Georgetown en de Bond van Bauxietarbeiders in Linden. Hij kon horen hoe het suikerriet werd geplet tussen de grote ijzeren walsen op de Enmore-plantage. En zelfs de zoete zemelengeur ruiken van padie uit de rijstpellerij in Mahaicony. Al deze dingen en nog meer. Alle vreselijke geheimen van de donkere weg, de plannen en intriges. Maar hij verklapte me niets.

Tussen de pianokamer en de sojakamer had je de schoolkamer. Als alle luiken dicht zijn, is het er pikdonker, op één straaltje licht na uit een rond gaatje in de muur onder de wasbak. Er gebeurde van alles in die kamer. Was klaslokaal, opslagkamer, speelkamer voor 'man en vrouw'. Dat was de kamer waarin sexy Marilyn genaaid werd. Echt waar, hoor. Was vast wel verkrachting, maar ze wou het. Ze lachte alleen maar van het begin tot het eind en daarna zag ze er heel blozend uit. We hoorden alles. Konden niet alles zien, alleen maar door dat ene gaatje kijken dat naar beton rook. Al die jongens en Marilyn daar in dat pikkedonker. We hoorden dat ze mekaar aanraakten. En ze wisten dat we buiten stonden te gluren. Sexy Marilyn lachte als een grote vrouw. De jongens van DeAbro – Iggy, Manny, Bernard – en mijn broer Yan drongen om haar heen. Die konden daarbinnen ook geen moer zien. Zaten alleen maar aan Marilyn te frunniken. Onhandige stomme jongens. Hun gelach en gefluister klonk meisjesachtiger dan dat van Marilyn.

De lichtbundel uit het kijkgaatje viel op de poot van de lange tafel. Als je er schuin doorheen gluurde, kon je net de zoom van Marilyns rok zien en een stuk van haar bengelende been. Het schudde en kwam tegen de tijdschriften aan die op de plank eronder lagen. Ze moest boven op die gammele tafel zitten, want het hele ding wiebelde. Zag geen spoor van haar andere been.

Soms blokkeerde de spijkerbroek van een van die jongens het gaatje, of eentje met een korte broek aan leunde tegen de tafelpoot – hand op zijn kruis waar hij in kneep. Toen Iggy door het licht liep, zat er een dikkere bobbel aan de voorkant van zijn rode gymbroek dan de bolling van zijn dikke billen aan de achterkant.

Haar tietjes moesten ook bloot zijn geweest, maar haar kleren had ze niet uit. We wisten dat ze een beetje hangende tietjes met ronde punten had en het lichaam van een grote vrouw. Was maar een paar jaar ouder dan Judy, maar haar tietjes waren al rijp. Judy's moeder zei: 'Te veel mannen hebben d'r aan gezeten.' Dat gebeurt er als je mannen er te vroeg aan laat komen – dan groeien ze snel. Dus nu lijkt het of alle meisjes met grote tietjes het vaak met mannen doen. Marilyn doet het graag. En ook met grote mannen. Ze had een grote man uit Nablacis die haar allerlei kleren en een gouden armband gaf. Zo'n knap meisje. Rode gladde huid en een lachend gezicht met mooie tanden en kuiltjes in haar wangen. Had d'r haar eerst altijd in pijpenkrulletjes als een klein meisje. Zo gauw ze een jongen of een man ziet, begint ze te glimlachen, te lachen. Wat al die grote mannen on-weer-staan-baar noemen. Ze zat vroeger naast me in de gemengde klas in diezelfde tussenkamer, tot we ruzie kregen. Ze stak me met haar potlood in mijn arm en de punt brak af in mijn huid. Dat was het eind voor me – kon niet geloven dat ze me zo veel pijn wou doen. Ze stak me met haar linkerhand, dezelfde hand waarmee ze haar krullende letters schreef, maar ze was niet slim genoeg om de goeie antwoorden op te schrijven.

Sexy Marilyn woonde in Sideline met haar moeder. Haar moeder maakte altijd ruzie met haar. Joeg haar een heleboel keren het huis uit omdat ze het met een man had gedaan. Maar haar moeder deed het vroeger ook vaak – zo moest Marilyn er de smaak van hebben gekregen. Ze had ook al een baby weggemaakt. Marilyn was lastig. En die stomme jongens daarbinnen waren niet tegen haar opgewassen. Terwijl het klonk of zij het lekker vond, stonden die te ruziën. Te grommen en paniekerig te doen, te grijpen met hun zweterige handen. Wisten niet eens dat ze aan haar tietjes moesten zuigen. Ze moest het hun wel gezegd hebben maar ze deden het niet. Dachten dat ze hen iets stoms wilde laten doen, hoorde ik later. Ze hadden allemaal een beurt gehad, behalve Manny. Vooral Iggy. Die had de tafel zo laten schudden. Af en toe liep er eentje naar het gaatje en gaf er een klap op, zodat de betonkorrels recht in je oog vlogen. Wilde dat ik die ramen kon openbreken om precies te zien hoe ze het deden. En het duurde zo lang! Ze trokken zich niks van Ramesh aan die bij de achtertrap op de uitkijk stond. Hoorde dat ze het ook vanachter met haar deden. Dat was toen haar been bewoog en je geen blote huid meer zag, maar de tafel wel hard heen en weer ging. Ze vond het ook lekker. Er was een hoop kabaal toen. Even later waren ze klaar. Alsof ze weg moest. En zij flaneerde sexier dan ooit het hek uit. Met natte plekken onder haar armen en stralend uit iedere porie. Iggy, Manny, Bernard en Yan strompelden naar buiten, wreven hun ogen uit en knipperden, rusteloos, opgewonden. Wij drongen ze voorbij de kamer in. Haastten ons naar binnen omdat we 'bewijzen' hoopten te vinden, een overblijfsel dat ons iets duidelijk zou maken. Maar in de duisternis vonden we alleen een warme mensenlucht. Een klamme sterke lucht, tot we de ramen opengooiden en het licht binnenlieten.

Vanaf die tijd keek ik aandachtiger naar Iggy. Ik wist dat hij meisjes naaide, maar nu kon ik het ook aan hem ruiken. Ik mocht hem eigenlijk niet. Was bijna bang voor hem. Hij had iets dierlijk-menselijks over zich bij alles wat hij deed. Als hij tegen de zinken platen van de varkensstallen pieste, kon je het een kilometer ver horen. Hij had uiteenstaande tanden en snurkte luid. Zelfs als hij gewoon ademhaalde was er een raspend geluid. Hij likte vaak aan zijn lippen, streek met zijn tong langs zijn tanden, stak hem naar me uit en knipoogde dan.

Ignatious DeAbro was een lastpak. Hij was een van de veertien kinderen van de Portugese familie DeAbro die naast ons woonde. Hij voetbalde en maakte de varkensstal schoon. Wij riepen: 'Iggy

Biggie, boent ’t hok. Laat ’n scheet in ’t varkenshok!’ Dan rammelde hij je keihard door mekaar of hij sloeg zijn zusjes met de rug van zijn hand. Maar nu deed hij ongewoon vriendelijk tegen me. Hij moest gemerkt hebben dat ik hem met andere ogen bekeek. Ik zag de wrijvende, klepperende beweging waar zijn dijen bij mekaar kwamen en zijn korte broek omhoogtrokken in een dikke prop. Zijn blanke huid was altijd vochtig op zijn benen onder al dat zwarte haar. En de krullen op zijn hoofd wipten alle kanten op en soms zaten er zemelen uit de ton met varkensvoer in.

Ik bekeek hem vanuit het bovenraam als hij na het voetballen schommelend over de weg liep, terwijl de bal in een net op zijn rug heen en weer rolde. Zijn kuiten, in modderige kousen gestoken, schudden telkens wanneer zijn genopte schoen op het asfalt neerkwam. En hij was altijd vrolijk, zelfverzekerd, alsof hij nooit wat met het scheppen van varkensstront te maken had gehad. Hij drukte iedere vrijdag een varken tegen de grond en sloeg het met een hamer de hersens in. Als hij dan klaar was met het uithalen en schoonmaken van het karkas en helemaal brandschoon geboend was en naar Sunlight-zeep rook, ging hij aan tafel zitten en at met smaak een enorme berg rijst. Klopte zich op zijn buik, boerde, leunde achterover en peuterde de etensresten uit zijn tanden. Spriet, noemde hij me, want ik was mager. Hij hield van dikke meisjes. Ik heb hem mevrouw Peters eens een klap op haar enorme kont zien geven. Ze draaide zich om en gaf hem ook een lel. Toen hij groter werd, keken oudere vrouwen meer naar hem en op straat groette hij ze op een vertrouwelijke manier.

Vandaag hield hij me tegen bij de kleine koelkast in de schoolkamer. Het was laat in de middag en iemand had al een paar van de ramen dichtgedaan. De lucht had een roodachtige gloed, een rechthoek van zwak roze licht drong door uit de sojakamer ernaast. Ik stond in de hoek gedrukt bij de koelkast en het gesloten raam. Iggy raakte me niet aan, leunde alleen maar op de koelkast en de vensterbank, dicht bij me, zodat zijn adem langs me streek.

'Waar ga jij naar toe, hè?' Zijn mond lachte maar zijn ogen stonden vreemd.

Ik was verstijfd van schrik of opgewonden, dat is zeker wat het woord fri-gi-de betekent – dat je je niet kan verroeren, met bonzend hart vanbinnen en trillende benen, helemaal verlamd. Terwijl ik zo frigide was, kwam hij vlak bij me en drukte me tegen de uitstekende vensterbank. Zijn adem blies mijn haar weg en rook zoetig, naar zemelen, en vies. Zijn oorlelletjes werden vuurrood toen hij het hardste deel van zijn vlees tegen mijn brandende, sidderende kutje duwde. Heel hard tegen het been daar. Die smeerlap was verbaasd dat ik ook een dikke harde bult had en hij keek omlaag naar de plek waar het gloeien vandaan kwam. Maar toen drukte hij zijn harde pik nog harder tegen me aan en hij greep met een hand de bovenkant van mijn arm vast, zijn vingers er helemaal omheen. Omdat mijn nauwe rechte jurk strak om mijn dijen spande, kon hij zijn been er niet tussen wringen. De warme lucht van de koelkast steeg langs mijn benen op naar mijn kruis. Zijn andere hand schoof omhoog en pakte mijn vochtige onderbroek vast. Op hetzelfde ogenblik veranderde het trillen in mijn kutje in één heftige siddering en ik voelde zijn vingers nat worden van een warm vocht.

'Lula. Eten!' klonk er vanuit de keuken boven.

Zijn ademhaling haperde even en zijn hand gleed nu van mijn arm, zijn hals kletsnat van het zweet. Adem blies hijgend langs de voorkant van mijn jurk waar mijn luchtje vandaan kwam. Stugge bos haar in mijn gezicht.

'Je heb geluk,' mompelde hij, terwijl hij zijn hand uit mijn onderbroek trok die nat was van mijn plas en zo hard in zijn pik kneep dat ik dacht dat hij zou breken.

Naast de bult waarin hij kneep was een natte plek. Ik keek meteen naar de voorkant van mijn jurk maar die was droog. De huid op mijn dijen tintelde.

'Lula!'

'Kom eraan.'

Maakte me zorgen hoe ik met dat drijfnatte kruis van mijn broek moest gaan zitten. Ik trilde nog steeds van schrik. Mijn paarse jurk ging wild op en neer bij mijn hart. Ik keek naar hem, beet op mijn lip en drukte mijn benen tegen elkaar om het trillen te laten ophouden. Maar wou niet dat het gevoel ophield. Voelde me nu brutaal maar ook slap en ik had een beetje medelijden met Iggy die vlak voor me, snuivend met zijn hoofd omlaag, in zijn pik stond te knijpen.

Naast de Buxton Spice, boven de ronde houten ton en uitgestrekt over de schutting, stond de zoete knippaboom. Een hoge, breed uitgespreide boom, met kleine blaadjes. Heel vruchtbaar ook. Als het knippatijd was, aten we 's ochtends emmers vol zoete knippa's tijdens de les, of 's middags als we zaten te lezen. Met je tanden de schil stukbijten, de pit in je mond laten glijden en tegelijkertijd het sap opzuigen, dan de schil in een andere emmer gooien, ging op 't laatst automatisch. Als je het ritme goed te pakken had, kon je een volgende pit in je mond laten glijden en de ouwe pit in de nieuwe schil stoppen zonder je handen vies te maken. Soms hield ik dezelfde pit urenlang in mijn mond en dan werd het sappige, lychee-achtige vruchtvlees een propje natte watten, tot ik met mijn tong alle klissen van de pit wreef.

Een prettig licht gevoel was het, als je boven in deze knippaboom zat. Dan vergat je alle zoete knippa's die overal om je heen aan het eind van hun takken hingen. Een zacht wiegend briesje wierp schaduwen als luipaardvlekjes over je been. Je vergat ook de scherpe palen onder je. Omdat je op gelijke hoogte zat met het lijstwerk van het dak van juf Dolly, kon je naar beneden kijken en door de open jaloezieën de doffe glans van haar slaapkamervloer zien. Juffrouw Elsie en juffrouw Myrtle sliepen vroeger in die kamer. Het waren allebei ouwe vrijsters. In de ware betekenis van dat woord. Je hoefde enkel maar naar ze te kijken en dan wist je het. Spichtige en stijve, ongetrouwde ouwe dames, met petticoats en lange katoenen onderbroeken. Het waren de nichten van juf Dolly en ze woonden verderop aan de weg. Maar iedere avond om zes uur kwamen ze met hun bundeltjes naar juf Dolly en ze sliepen er 's nachts om mekaar gezelschap te houden. Ze moesten op mekaar passen. Juf Dolly was ouder dan de andere twee, in de tachtig. Zij was altijd de beter opgeleide, rijkere, onafhankelijke nicht geweest, was zelfs ooit verloofd. Haar huis was deftiger dan het hunne en de schijn moest worden opgehouden. De lange nichten, met hun opeengeklemde lippen en lichte huid, hielpen haar terwijl ze met veel moeite hun waardigheid bewaarden en hun eigen huis netjes hielden. Nu was Elsie dood. En de jongere, stillere Myrtle scheen een beetje meer te beven als ze om zes uur met haar bundeltje over de weg liep. Wij vieren groetten haar dan, terwijl we in de rode jasmijnboom lummelden die net binnen het tuinhekje van juf Dolly stond.

De enkele palen die aan de schutting tussen de tuin van juf Dolly en de onze ontbraken, maakten ons bomendomein groter. De sapotillebomen van juf Dolly waren het zoetst. Ze omringden haar huis en maakten van haar achtertuin een ondoordringbare, donkergroene grot vol kleverig sap. Haar djamboeboom was ook bijzonder. Grote, kolossale djamboes, maar nooit genoeg. De djamboeboom van juf Dolly was een bron van vreugde en verdriet voor haar. Iedere dag kogelden schoolkinderen vruchten uit de boom. Dan deden ze alsof ze juf Dolly niet konden horen die stond te schreeuwen en op haar vensterbank sloeg. Maar op de een of andere manier wist ze een paar van die dikke sappige djamboes te redden en die stalde ze in een kristallen schaal op haar smetteloze mahoniehouten eettafel uit, als tafelversiering, op een gesteven wit kanten kleedje. Ze zei dat het haar 'appels' waren en gaf ons er een paar. Ze smaakten altijd beter dan de vruchten die we net beneden hadden weggewerkt.

De meeste middagen zat juf Dolly gewoon in haar schommelstoel op de waranda voor het huis. Te schommelen en naar buiten te kijken. De dame die iedere dag kwam schoonmaken en koken was dan al weg, nadat ze juf Dolly fris gewassen, gepoederd en gekamd had – zilveren haar in golfjes langs haar slapen, handen licht gevouwen op haar schoot. Het slappe vel op haar armen heel zacht en licht als je het aanraakte. Soms zat ik bij haar, zij schommelend en ik uitgestrekt op de harde chaise longue naast haar. Op die stille, zonnige waranda, met de schommelende juf Dolly en de wind die buiten door de sapotillebomen blies, zou nooit wat kunnen veranderen. Behalve ik. Ik zou het enige zijn wat veranderde, wat groeide, daar op die chaise longue. De suikerkorrels die uit de termietengaatjes in de vensterbank op de grond vielen, zouden morgen net zo vallen. De tere varen in de koperen pot op het smalle tafeltje naast me, zou ook hetzelfde zijn. Het grammofoonkastje, de gebogen rieten stoelen en het dressoir. Maar ik was jong en sterk en ik groeide op die waranda. Zat daar te groeien terwijl juf Dolly schommelde. Alle stoelen raakten bezet met mensen die we ons verbeeldden. Opgedofte mensen. Ik was ook opgedoft en groot, en ik danste. Ik danste rond over die glimmende vloer, op de muziek van de grammofoon, mijn voeten in zachte, witte schoentjes gestoken, mijn middel volmaakt. Er steken petticoats onder de rok van mijn gele katoenen jurk uit. Ik heb een kleine, keurige boezem en ben lang en recht. En de sierlijkste danseres van al deze dames, terwijl ik rondzwier met de langste, knapste heer natuurlijk. Ik kan je niet eens vertellen hoe knap hij is, maar hij laat me zweven en draaien. De ogen van juf Dolly stralen; ze is zo blij voor me want mijn aanbidder lijkt een beetje op haar Godfrey en ze herinnert zich haar eigen tijd en de verhalen die ze me heeft verteld. Juffrouw Elsie serveert rinkelende glazen vers gemaakte limonade met ijs en juffrouw Myrtle gaat rond met kleine boterhammetjes met kaas en komkommer. Tot het zes uur was. Dan kwam de echte juffrouw Myrtle met haar bundeltje het hek binnen en liep de voortuin door. Ze ging de achtertrap op, de lege kamers door, langs de gesloten grammofoon, en nam dan plaats op een van de rieten stoelen bij de voordeur, die ze op een kier zette zodat ze naar buiten kon kijken.

'Dag, juf Dolly, nog 'n prettige avond verder en welterusten. Goeienavond, juffrouw Myrtle, 'k ga nu.'

'Dag, lieve kind. God zegene je. Doe de groeten aan mams en paps.'

Wanneer ik naar huis ging voelde ik me jong en inderdaad gezegend en morgen, als ik terugkwam, zouden zij en hun wereld hetzelfde zijn en ik vijf centimeter langer.

2

Bij de zeedijk stond een ruïne van een oude moskee. Geen oeroude ruïne, een paar jaar oud maar. Zag eruit alsof er iets tegenaan was gebotst toen zij half was gebouwd. Er liep een spoor van glasscherven en geitenpoep door de dakloze ruimten. Gras groeide boven op de muren en er stond water in de gaten. Mams zei dat het door de rellen kwam. Rassenrellen voordat wij er kwamen. Branden en bommen hadden de Indiase mensen weggejaagd. Nu woonden er zwarte mensen in Tamarind Grove, vurige aanhangers van het PNC, People's National Congress. Paps, de familie Bunty en tante Babe waren de enige Indiërs. En ons gezin was gemengd: Indiaas, zwart en blank. Bunty was slager, runderslager nog wel. Was niet zoals de andere hindoes die zich vanaf de tijd van zijn overgrootouders rond de plantages hadden gevestigd. De mensen zeiden dat hij geen riet wilde kappen of groente verbouwen. En hij had geen geld om een winkel te beginnen, kon geeneens een koe kopen. Toen hij naar Tamarind Grove verhuisde, kwam hij met twee biggen en een nors gezicht. Tante Babe was de enige andere Indiër die nog in Tamarind Grove woonde – een scheel oud dametje dat door een zuchtje wind omver kon worden geblazen.

De zwarte mensen woonden in het ene dorp, Indiërs in het volgende. Zwarten, Indiërs, zo ging het. Als je langs de kust van Guyana naar Mahaica ging, kon je zien welke de zwarte en welke de koeliedorpen waren, ook al zag je de mensen niet. De zwarte dorpen hadden coöpwinkels, de Indiase ijzer- en grutterswaren. De zwarte hadden ongeverfde huizen, de Indiase verf, voortuintjes, moskeeën en tempels. In een zwart dorp hingen er altijd mensen op straat rond. Moeders en kinderen tot 's avonds tien uur buiten. Niet in een Indiaas dorp. Maar in alle dorpen stonden katholieke kerken en kroegen langs de hoofdweg.

't Was moeilijk om je voor te stellen dat die kapotte moskee vol biddende Indiërs zat die in Tamarind Grove woonden. Volgens mij kon een gebouw alleen zo worden zoals dat in oorlogsfilms ging, wanneer ze die gierende bommen gewoon recht omlaag uit vliegtuigen lieten vallen. Zo moesten die rellen zijn geweest. Maar het enige vechten dat ik me kon herinneren was wat mams een betoging noemde. Ik herinner me een heleboel PNC-mensen die met brandende flessen over straat renden. En hoewel ze schreeuwden – hun gezichten oranje, hun tanden goudgeel – was het eigenaardig stil in de zwarte nacht. Door die stilte kwam het dat mijn ouders niets zeiden, de ramen dichtdeden en ons vasthielden, met bonzend hart.

Ik ben eens naar een dienst in een moskee geweest, weet je, met paps en meneer Mohammed. In de stad. Hij woonde in East Riumvelt en we kochten vroeger Volkswagen-onderdelen van hem. Weet niet wat hij in die buurt deed, de Indiase wijk was meer aan de kant van de East Bank. Woning boven, winkel beneden. Hij moest twee hangsloten openmaken om je in zijn winkel te laten. Een donkere muffe ruimte vol met zwarte auto-onderdelen, vettige kwitantieboekjes en de lucht van motorolie. Meneer Mohammed, met zijn blinkende gouden tanden, altijd gladgeschoren wangen, witte overhemd dat zijn dikke armen omspande en riem die zijn blubberbuik in tweeën deelde, las de prijs op. Zijn oudste zoon die voor straf achter de toonbank moest staan, was broodmager en kon nooit wat goed doen. We liepen achter meneer Mohammeds brede achterwerk aan een smalle trap op. Zijn broek bolde bij zijn mik – opgezwollen ballen die tot halverwege zijn been hingen. Bovenaan stelde hij, hard hijgend, zijn vrouw voor. Ze vermeed beleefd iemand een hand te geven en ging ons voor naar de woonkamer, via de eetkamer waar de jongste zoon aan een tafel met een plastic kleed erop huiswerk zat te maken.

Mevrouw Mohammed bezat een charme die het gebrek aan manieren van haar man goedmaakte. Ze bewoog zich gemakkelijk door de volle kamer met foto's van kinderen overzee. Ze liet meneer Mohammed in een versleten leren stoel en ons op de rode pluizige sofa plaatsnemen en had ons in een mum van tijd van glazen fris voorzien. Ze was helemaal niet verlegen, maar verschool zich achter een enorme bril die net donker genoeg was zodat je haar ogen niet kon zien. Ze babbelde maar door over haar grote kinderen in Canada en liet, door de dingen die ze niet zei, doorschemeren dat er betere tijden waren geweest. Dat merkte je ook aan de half afgewassen bloemen op de glazen en het feit dat ze geen sieraden droeg.

'Mijn zoon in de eetkamer is erg knap. Hij houdt 'r alleen maar van om met z'n neus in de boeken te zitten.'

Haar niet-genoemde dochter kwam met zoetigheid opdagen. Ze was papa's oogappeltje, haar ogen en haren blonken. Kleine handen hielden het roodgelakte dienblad vast en haar voeten waren schoon en geluidloos.

Er was een glazen fles vol vuur in hun woonkamer gegooid. Stukjes glas waren in het gezicht van mevrouw Mohammed gevlogen, één stukje in haar oog. Nu zat er, van de vensterbank tot de dakrand, ijzergaas voor de ramen. Meneer Mohammed zei dat zelfs het dak tegen inbrekers was beveiligd en dat geen zwarte man hem ooit weer lastig zou vallen.

'Iedereen in deze buurt is me wat schuldig.'

Het was de moskee van meneer Mohammed waar ik met mijn vader naar toe ging voor een speciale dienst. Deed mijn best eruit te zien alsof ik zong zoals je in een tempel hoorde te zingen. Was de hele tijd zenuwachtig omdat ik niet wist wat ik moest doen. Ik wist dat ik mijn hoofd bedekt en mijn ogen omlaaggericht moest houden, maar ik wou zien wat er gebeurde. Ze hadden geeneens mooie altaren of godsbeelden om naar te kijken, alleen maar een eentonig lied dat urenlang doorging voordat het feest begon. Na de dienst wapperden al die witte gewaden in de tuin en vermengden zich met kerrieschotels, zwart omrande ogen, voeten in sandalen en zoetigheid. Kinderen vlogen hollend door de wolken dunne stof. De mannen praatten met diepe stemmen die in hun baarden gevangenzaten en hun hoofden waren gehaakte knoppen die de wapperende doeken op hun plaats hielden.

Nu zijn wij de enige dienst in deze kapotte moskee. Aan wind blootgestelde treden die nergens naar toe leiden, stukjes blauwwitte tegels verspreid tussen de ronde zuilen. Deed mijn ogen dicht, vouwde mijn handen en Judy zegende me vanaf de bovenste tree. Ik liep naar beneden, onder de koepel, knielde en boog voorover, armen uitgestrekt. Op en neer, op en neer tot Allah biddend, zoals ik had gezien, en mompelend in mijn baard.

❧

'Sla z'n rotkop in!'

'Lopen, hond, vooruit. Naar 't bureau met jou.'

'Opstaan, schoft, vooruit. Lopen!'

Iedereen in huis schoot zijn bed uit. Rechtstreeks naar de ramen aan de voorkant. Ik had een raam voor mij alleen en hurkte erbij neer, mijn neusrug tegen de vensterbank, terwijl ik mijn ogen afstemde op het donker buiten. Er viel een regen van slagen neer op iets wat ik niet kon zien. Groenhartknuppels beukten op vlees en beenderen. Luid hoorbaar boven het geschreeuw uit mannenbuiken en gekrijs uit vrouwenkelen. Vrouwen vlogen bleke huizen uit, in het maanlicht. Rukten palen los uit hun schutting. Nylon nachtponnen scheurden, huiden glansden, blote voeten stampten door goten, knieën schuurden over grind, om er maar bij te komen. Juffrouw Harper jammerde. Stampte en beefde over haar hele lichaam, terwijl ze haar hoofd vasthield waar een paar krulspelden in bungelden.

'Ja! Ja!' spoorde haar zuster de menigte aan en ze dook tussen de gebogen ruggen van mannen die het ding meesleurden en sloegen. 'Sla em dood!'

Iemand greep haar vanachter bij haar duster en scheurde hem open, zodat haar tietjes eruit flapten. Een arm om haar hals en een handvol haar maakte een eind aan haar geklauw en gedring. De klets van de platte kant van een kapmes weerklonk helder.

Meer stompen en klappen daalden neer.

'Lopen, rothond.'

Door de menigte was een flits van een been te zien, zwart van het bloed.

'We zullen je leren.'

De punt van een schuttingpaal boorde door de dichte massa lichamen en stuitte op bot. De gekromde ruggen bukten zich en trokken een hoofd en een arm omhoog waar ergens tussen de elleboog en pols een natte hand aan bungelde. Hij slingerde een paar tellen heen en weer, langzaam voortgesleept, voordat hij weer in de kronkelende rups van lichamen wegzakte.

Ik hoorde de gedempte stem van paps door de telefoon dringend om politie vragen. Iemand trok aan de achterkant van mijn nachtpon. Ik klampte me aan het raamkozijn vast, duwde mijn voorhoofd hard tegen het gebobbelde matglas. Mijn ogen volgden de krioelende massa die langzaam door de straat kroop. Meer vrouwen en kinderen schoten uit straten en het duister te voorschijn. Sommigen sloten zich bij de mannen aan, anderen liepen in tegenovergestelde richting naar het huis van juffrouw Harper.

Meneer Harper was zeker op zijn werk. Hij was bewaker op de Enmore-plantage. Als hij ze gesnapt had, zouden ze er geweest zijn. Twee mannen die aan 't jatten waren. Een was ontsnapt bij de zeedijk. Deze zat in de bos suikerriet bij de achtertrap van Harper verstopt. Hij had de septictank opengemaakt en was erin geklommen. Had hem niet goed dichtgedaan en de mensen hoorden het geklots binnen. Hij was bijna in het strontmengsel verdronken, omdat ze hem steeds onderduwden met de steel van een hark. Had die troep binnengekregen, tot ze hem eruit visten. De handen die hem vastgrepen trokken zich van de stank niks aan, sloegen hem tot de stront in het rond vloog en het bloed begon te stromen. Ze hadden allebei zijn benen gebroken tegen de tijd dat hij bij de Hoofdweg was. Nu moest alles gebroken, verbrijzeld zijn. Een man had een metalen pijp – maakte een hol geluid telkens als hij ermee op de weg stampte.

'Opstaan! Lopen!'

Er kwam geen menselijk geluid uit het midden van de wriemelende rups. Alleen maar doffe slagen. Het geluid van schoenen die tegen een buik kwamen.

Drie agenten kwamen half hollend de weg af.

'Loslate, loslate, loslate! Laat die man gaan.'

Toen ze dichter bij de massa kwamen, hun wapenstok getrokken, vielen het vlees en de poten van de rups uiteen en lagen de ingewanden bloot. De paarszwarte trillende hoop glinsterde.

'O verdomme! Hij stink! Hij stink, man, hij stink!'

Ze sleepten hem naar het Cove & John-politiebureau, een darmsliert van bebloede nachtponnen en zwetende lichamen achter ze aan. De deukjes in mijn voorhoofd van het gegolfde glas trokken langzaam weg.

Het geroezemoes van nieuws gonsde over de weg en kwam regelrecht naar ons toe in de tuin onder de zoete djamboeboom. Het kreeg niet eens de kans om via Sammy te gaan, juffrouw radio-omroep van Guyana. Het vloog gewoon van de zeedijk naar hier. We holden de tuin uit en de weg op voor het de kans had de grote mensen boven te bereiken.

Renden over de weg, waarbij onze voetzolen nauwelijks het – halverwege de ochtend – warme asfalt raakten. Hielden onze vaart in toen we bij de grindweg naar Scheme kwamen. Daarna hadden we zachte grond en gras onder onze voeten. Staken, zo snel als de verende plank toeliet en zonder naar beneden te kijken, met wijdopen ogen en ingehouden adem, wiebelend de plankbrug van het Fortykanaal over, terwijl we het ritme van de vorige persoon probeerden te volgen.

Er had zich een kleine menigte op de Kokerbrug over het Fiftykanaal verzameld en omdat we een angstig voorgevoel hadden, begonnen we langzaam naar ze toe te lopen. Hielden onze pas nog meer in toen we dichterbij kwamen. Nu drong de sterke lucht van zeeslijk en dood zeewier in je neus. Op de brug begon de lucht van warm teer van de grote Kokersluis te overheersen. Kon niet horen wat de mensen zeiden. Mijn oren tuitten. Er lag daar wat in de modder.

Iedere dag gingen de sluisdeuren bij eb open en stroomden

modderig zoet water, lelies, watergras, dode honden en wat je zo-al nog meer hebt uit de kanalen, tot het zo'n twee kilometer verder in de zee spoelde. Het snelstromende water had een diepe natte geul uitgegraven in de wadden die afgebakend werden door glooiende stenen wallen en grote, met zeepokken bedekte pijlers die, met gaten ertussen, omhoogstaken. Scheve tanden in een gladde moddermond.

Vlak bij de grote warme sluisdeur zag ik luchtbellen in het dikke teer. Ik duwde mijn vinger erin, er bleef een klein kuiltje achter. Mensen waren druk in de weer op de brug, drongen daarna samen rond de enorme betonnen fundering en rond het roestige tandrad van de sluis waaromheen roestige kabels waren gewonden. Ze stroomden als mieren langs de bovenkant van de wal omlaag naar de modder. Er waren niet veel andere kinderen in de buurt. We volgden de rij mensen die door de modder ploeterden, sommigen tot aan hun dijen in het slijk. De rij maakte een scherpe bocht om de vrouw die daar lag, slingerde dan terug, waarna de mensen zich in de richting van de zeedijk verspreidden. De brakke, scherpe stank van de zee bleef in mijn keel steken terwijl ik wegzakte, mijn voeten zuigend uit de modderlippen trok en ze weer neerzette. Er zat niks anders op dan te blijven lopen. Zuigend, duwend, trekkend. We hielden instinctief mekaars hand vast, terwijl we met zijn vieren voortploeterden, met potdichte mond en razend bloed. Een gezicht. De vrouw van de dominee. Haar gezicht was het. Half in de modder, open mond, gevuld met modderig gras. Haar blote lichaam gedraaid, enkel een stukje van een rood truitje op haar ene schouder. Zwartig blauwe doffe huid in de zon. Een diepe snee glinsterde in haar hals en tussen haar benen stak nog meer gras omhoog dat in haar kut was geduwd. Een beetje water spoelde tegen haar buik en arm en vloeide toen kolkend in de moddergaten waarin mijn voeten stonden.

'Wie doet nou zoiets, hè, Rose?' zei mevrouw DeAbro tegen mams. ''t Is tenslotte de vrouw van de dominee! Waar moet 't heen met dit land, hè? Weet jij 't? Is 't nou al moord? Nie enkel verkrachting, maar moord. Ze moesten d'r ook nog vermoren? Goeie god!'

'Ik had nooit gedacht dat zoiets in Tamarind Grove kon gebeuren. De tijden veranderen, mams, geloof mij. Wacht maar af. Hoe kan 't ook anders, as die lui van 't leger de wet aan hun laars lappen.'

'Ik heb gehoord dat 'n stel jongens uit Scheme 't hebben gedaan. Vier jongens. Ze stak 'n stuk af door 't voetbalveld en daar hebben ze d'r tegengehouwen. Om vijf uur 's oches, mams. Ik ben 's oches ook om die tijd op. Verkracht! Die vrouw kwam van d'r moeders huis. Bracht spullen naar hun nieuwe huis hiero.'

'De vrouw van de dominee, mams. En ze hebben drie kleine kinderen. 'k Woon hier al zolang as ik getrouwd ben, Rose, zesendertig jaar. D'r is nog nooit zoiets gebeurd. 'k Weet nie waar 't heen moet, goeie god, ik weet 't echt niet!'

Ik zat op de closetbril. Het patroon van mangobladeren schommelde en zwaaide op de ruit. Maar ik zou er niet naar kijken. De bladeren van de Buxton Spice ruisten. Ik keek nog steeds niet om me heen. Vestigde mijn blik op de stopverf tussen de houten planken van de muur voor me. De dikke ouwe gebladerde arm van de boom schraapte en schuurde over het glas.

'Waarvoor stoor je me? Zie je nie da'k denk?'

Een van zijn zware takken kraakte buiten het raam.

'Ik kan nou nie praten, ik denk. Je vertelt me trouwens toch niks... ook al heb je gezien dat die kerels de vrouw van de dominee verkráchten! Ook al was 't nog donker, je moet toch wat gezien hebben! Jij ziet álles. Je moet wat gehoord hebben. Schreeuwde ze niet? Had je al es 'n verkrachting gezien? Jij weet 'r alles van maar je vertelt me niks. Dus wat wil je van me?'

De bladeren buiten wuifden weer en het patroon ervan danste over het raam. Ik deed het raam open en steunde het met de extra rol closetpapier. Door de opening waaide de wind stukjes bladeren en de adem van de Buxton Spice naar binnen. Hij leunde met zijn arm op de schuine ruit, boog zich en gluurde naar me.

'Waarom vertel je me niks? Hoe 't komt dat 'r moorden bestaan. En rellen. Rassenrellen. Daar weet jij ook van. Jij weet dat 't door Burnham komt. Jij moet em goed kennen – onze Leider, kameraad Linden Forbes Burnham. Ja. Hij heb net van die uitpuilende ogen as jij. En hij hoort ook altijd alles, net as jij. Mams zegt dat de rassenrellen door hem komen. Door hem zijn de zwarte mensen de Indiërs gaan haten. Hij heb alles wat de Indiërs hadden afgepakt en zegt dat 't van de regering is. Hij laat de suiker- en rijstfabrieken nu door grote dikke zwarte mensen leiden. Dat moet je toch allemaal gezien hebben. Ben je soms 'n zwarte Buxton Spice?

As je zoveel weet, hoe komt 't dan dat wij die ook 'n beetje koelie zijn in Tamarind Grove wonen? En dat de familie DeAbro die Portugees is hier ook woont?

Daarom poept de powisievogel zeker op je, omdat je zo gierig bent. Je weet al die dingen maar je laat niks los. Ben je daarom zo opgezwollen, nou? Ben je daarom zo groot geworden? En je dijt nog steeds uit, spreidt alsmaar nieuwe handen en blaadjes uit. Je moet alles al opgeslorpt en verslonden hebben.'

Ik boog me voorover en keek door de opening van het raam, naar de wortels van de boom. Zijn dikke knobbelige voeten maakten scheuren in het beton, verbogen de waterpijp en kwamen tot onder het vat. Het enige wat ze nog konden doen was de septictank laten barsten. Ik leunde achterover. Een sterke bries deed de top van de Buxton Spice deinen en in de verte, hoog boven me, klonk het geruis van een bladerbranding. Waar het raam op een kier stond, kreunde zijn verwrongen lichaam en zwaaide traag. De arm die op het raam leunde bewoog nauwelijks.

3

Emelda trouwde met Ricardo DeAbro toen ze zestien was en kreeg achttien kinderen, van wie er veertien nog leefden. Judy en Rachel waren de jongsten. Nu ze in de vijftig was, had mevrouw DeAbro een bos stug, peper-en-zoutkleurig haar, een bril – een nieuwe aanwinst – en de meeste tijd een bezorgde blik. Ze was vrij lang en slank en was er trots op dat ze nog zo'n goed figuur had voor haar leeftijd.

'Alleen die dikke buik... komt door de kinderen weet je, en al die zorgen die me kapotmaken, mams.'

Vaak zei ze tegen mijn moeder: 'Die kinderen maken me kapot, Rose. As ik een dezer dagen dood neerval, mag God weten hoe 't verder met ze moet, diezelfde kinderen die me kapotmaken.'

De huid op haar armen, hals en gezicht was verweerd, bruin en dik met een netwerk van rimpeltjes, maar de huid op haar rug en dijen was glad en blank. Als de grote meisjes haar dwongen om even uit te rusten, liet ze zich door ons vieren vertroetelen en moesten we haar grijze 'stekende' haren uittrekken tot ze in slaap viel. Of de roos van haar hoofdhuid krabben met een fijne kam. Of Limacol op haar rug en nek smeren. Dan zaten we op de trap voor het huis, zij met haar schouders tussen de knieën van Rachel, en terwijl wij de stekende haren eruit pikten, kriebelde zij met het puntje van een kippenveer in haar oor en deed haar ogen dicht. Door het klakken van haar valse gebit als haar mond openviel, wisten we dat ze sliep. Als je bewoog of per ongeluk een zwarte haar uittrok, werd ze weer wakker en vroeg waarom je was opgehouden. Altijd knorrig, zwaaide ze de scepter in huis en slaagde er maar net in de eindjes aan elkaar te knopen. Toch voelde ze zich een beetje beter dan de andere vrouwen in Tamarind Grove.

Ricardo en zij hadden hun huis helemaal zelf gebouwd. Hij was timmerman en visser en had zich daarna opgewerkt tot winkelier. Naarmate er meer kinderen kwamen, maakten ze hun huis groter. Gingen beneden varkens houden, kochten een stuk land bij de weg en begonnen de eerste winkel aan deze kant van het dorp. Iedereen kwam er om de belangrijkste dingen te kopen: brood, rijst, suiker, melk, damesverband en zout. Ze waren niet het enige grote gezin en ook niet het rijkste of best opgeleide, dus mevrouw DeAbro voelde zich zeker boven ''t gewone volk' verheven omdat ze Portugees was. En omdat ze connecties had met mensen van Ver Weg. Toch was ze niet arrogant. Ze zwoegde hard om alles aan de gang te houden en daarom minachtten de andere vrouwen haar niet. Ze bleven gewoon op een afstand. Ze zei vaak, half verdrietig, dat Ricardo en zij er niet over zouden piekeren ergens anders te gaan wonen. Dit was waarvoor ze gewerkt hadden.

Ricardo was roze en heel precies. Als hij nuchter was, had hij een trage, zekere gang en deed in huis nauwelijks zijn mond open. Hij sliep in de winkel. Zijn kleren moesten bij elkaar passen. Hij kamde zijn krullen naar voren en zette ze vast met Mohini-haarolie en water. Vlekken op zijn gezicht moesten verborgen worden met het gezichtspoeder van mevrouw DeAbro. De krant opgevouwen en in zijn achterzak gestoken, zodat zijn billen stevig leken. Nadat hij zijn hemd in zijn broek had gestopt, de rits had opgetrokken en zijn riem had vastgegespt, ging hij naar buiten, de straat op, en liep naar zijn winkel.

Alle Portugese gezinnen waren familie van elkaar, Fernandez, Gomes, DaSilva, Deguair en DaCosta, DeAbro en andere. Sommigen van hen – rumstokers, groothandelaren, of varkensslagers – waren rijk geworden met het winnen van goud. Maar toch bleven ze 'Putagee', niet eens plaatselijke blanken. Het leek wel alsof er in ieder zuiver Portugees gezin eentje was die niet wijs was. Theodore was het kruis van de familie DeAbro. Theo, of 'Brother Boots', woonde thuis ook al was hij in de dertig. Hij was ooit getrouwd, met een lang Portugees meisje dat Norma heette. Niemand snapte hoe zij aan hem was blijven hangen. Niemand vroeg iets. Na een grootse bruiloft, waarbij Norma boven alle mannen uittorende terwijl ze in haar wijde, wit kanten bruidsjapon danste, vertrokken ze in een auto, op huwelijksreis. Een paar maanden later kwam Theo thuis op een ezelskar met al zijn nieuwe kleren en meubels. Niemand vroeg hem wat.

Theo zorgde voor de varkens, een belangrijke taak. Daarom dwong hij een zekere eerbied af die je duidelijk kon voelen. Hij hield van de varkens. Aaide ze, klopte ze op hun rug, praatte in een eigen taaltje met ze. Zelfs als hij ze slachtte om de houten tonnen in de winkel met gezouten varkensvlees te vullen, deed hij dat op een manier waarop niets aan te merken viel. Hij had lang bruin haar, dat oersteil en vettig was, een lelijke baard en kleine waakzame ogen die je haast nooit zag. Hij was gebogen, klein van bouw en mager en zijn echte huidskleur zag je alleen als hij met 'de jongens' uit drinken ging. Dan boende hij zich schoon. Maar meestal was hij donker en goor van het slachten en het sjouwen van halve varkens op zijn rug naar de winkel aan de overkant van de weg. Of van het varkensvoer dat hij van de weg haalde, het halen van zakken kool of het uitmesten van de varkenshokken. In iets nieuws voelde hij zich niet erg lang op zijn gemak en het bleef niet lang schoon, maar hij vocht en vloekte verschrikkelijk, sloeg de varkens en liet zijn schapen loslopen als iemand zijn 'gloeiendnieuwe' hoed van negentig dollar leende. En daarna keerde hij zich weer in zichzelf, bromde diep en reeg alle woorden en vloeken aan elkaar. Als hij aardig wilde doen, riep hij 'hu!' en pakte ons en liet ons net zo gillen en springen als zijn biggetjes wanneer hij die plaagde. Na een drinkpartij kwam hij thuis en kroop tussen de varkens of in de kolenbak. Soms vonden ze hem onder de houten bank op de waranda waar de hond sliep.

Mevrouw DeAbro schaamde zich over hem, maar hij was ook haar oogappel. Als de andere jongens hem plaagden, verdedigde ze hem. Ze gaf hem zijn eigen plekje in hun kleine huis en herinnerde ons er altijd aan dat Theo een grote man was. Zij bewaarde altijd een lekker stukje vlees voor hem of verborg zijn portie stoofpot voor de anderen. Dat hij ook op haar gesteld was kwam dagelijks tot uitdrukking in de taken die hij zwijgend op zich nam: het uitmesten van haar kippenhok, het rapen van de eieren, of het schoonmaken van de goten. Zij uitte haar dankbaarheid vaak met een luid gejammer en dan riep ze krijsend en snikkend dat als ze Theo niet had, ze zich kapot zou werken en dat niemand, helemaal niemand het zou merken!

'Iggy, Manny, Ber...nard!' Mevrouw DeAbro was altijd de jongens aan het roepen. Schreeuwde zich hees. 'Iggy, Manny, Ber... nard!'

Bernard was de oudste van de drie jongste zoons en de tweelingbroer van Anne-Marie. Hij sliep bij Ricardo in de winkel en was al een taaie, sterke halve man. Bemoeide zich met niemand en gokte al. Iggy was de zoon die Emelda een grote mond en hoge bloeddruk gaf. En Emanuel, of Manny, de jongste, zou gaan studeren. Felix, haar lievelingszoon, was al vertrokken, de eerste die Ver Weg ging. Voor hij naar Canada ging, woonde en werkte hij in de stad. Hij hielp de familie met de aanschaf van hun meest gekoesterde bezit, een grammofoon. Er zaten radioknoppen aan de grote houten, taps toelopende kast en verguld plaatgaas bedekte de luidsprekers aan de voorkant. Het bovenblad kon open en diep vanbinnen bevonden zich de draaitafel en het platenrek. Hij was bedekt met een laagje gelakt geelbruin fineer en verhief zich trots op dunne spillepoten. Toen de grammofoons en jukeboxen uit de mode raakten en zwarte stereo's met grote luidsprekers, verchroomde knoppen en heen en weer schietende wijzertjes in de mode kwamen, werd de grammofoon een dressoir waarop kanten kleedjes, gehaakte zwanen en porseleinen hondjes een plaatsje kregen. Felix was degene die andere muziek kende dan Jim Reeves en Patsy Cline. Hij draaide eeuwig lp's van de Bee Gees. De oudste meisjes werden nog moderner en vroegen of hij John Travolta's hits wilde meebrengen. Wij maakten alle dansbewegingen en lieten de kast schudden. Na zijn vertrek naar Canada was hij met een Canadese dame getrouwd en stuurde hij studiofoto's van het eerste overzeese kleinkind naar mevrouw DeAbro. Ze zette ze op de oude grammofoon, samen met de foto's van de nieuwe Canadese schoonfamilie.

De zitkamer was in tweeën gedeeld door verschillende soorten meubels. In de achterkamer stonden alleen smeedijzeren stoelen met gebloemde plastic kussens erop en daar mochten we, vóór de schoonmaakdag, soms zitten. De voorkamer was gereserveerd voor bezoekers en feestdagen. Was de kamer waar de oudere meisjes hun goede smaak toonden; hij was hun trots en wat mevrouw DeAbro plezier in het leven schonk. We mochten er meestal niet eens door lopen om naar de waranda te gaan. Anne-Marie en Agnes, de twee ongetrouwde meisjes die nog thuis woonden, stoffeerden het ameublement opnieuw met oranje pluizige bekleding. Ze kozen ook de oranje synthetische vitrage voor de ramen. Met Kerstmis verwisselden ze die voor rode gordijnen in het midden en twee witte aan de zijkanten, zoals ze in de McCalls-tijdschriften hadden gezien. Rond de kerstdagen kochten ze een keer een stuk chocoladebruin tapijt voor de vloer. We mochten erop lopen, nadat we ons gewassen hadden, erop zitten en met onze tenen voelen hoe zacht en dik het was, maar daarna joegen ze ons weg tot eerste kerstdag. Het was een luxe in hun ogen.

Agnes was ouder dan Anne-Marie. Ze zorgde voor het eten en hielp als er iets besloten moest worden. Maar het was Anne-Maries taak ervoor te zorgen dat de kamer eruit bleef zien als het pronkstuk van het gezin. Ze had haar vaste methode. De blauwgeverfde muur stoffen, het kruisbeeld, de wandplaat en ieder meubeloppervlak afnemen. Dan op haar knieën de haren van het tapijt opborstelen en gladstrijken, terwijl ze achterwaarts naar de strook linoleum kroop die van de keuken tot aan de voordeur liep. Iedere vrijdag nam ze het tapijt op en klopte het over het halve muurtje van de waranda. Zette daarna op haar knieën de hele vloer in de was, die ze wreef tot hij een mooie diepe glans had, en eindigde altijd op de strook linoleum. Het was de enige keer dat ik haar zag zweten, met die dikke tietjes van haar die heftig heen en weer schudden en haar korte broek die in de voorkant van haar dijen sneed. Tegen de tijd dat ze klaar was, had ze een hoogrood gezicht, met vurige pukkels, een natte borst, rode moeten in haar dijen en zwarte knieën. Maar ze was blij. Tot iemand van het linoleum op haar vloer stapte.

Later, toen Anne-Marie in de stad ging wonen, werd het Judy's taak, maar het was nooit meer hetzelfde, tenzij mevrouw DeAbro haar de hele morgen achter de vodden zat om te zorgen dat het goed gedaan werd. Uiteindelijk overtuigden Judy en Rachel mevrouw DeAbro ervan dat het beter was de hele vloer te lakken, om bij de tijd te blijven en te voorkomen dat ze allemaal zwarte knieën kregen zoals Anne-Marie.

Mevrouw DeAbro snapte nooit waarom wij geen zitkamer hadden. Wij hadden een 'woonkamer'. Ze zei dat het kwam doordat mijn ouders zo lang in het buitenland hadden gewoond. Op de grote houten vloer van onze woonkamer lag de strooien Tibisirimat. Onze leunstoelen hadden katoenen overtrekken. Door de gebeeldhouwde kalebassen, vreemde houten beelden en schilderijen, vond de bijgelovige Emelda het meer op een *obeah*kamer lijken. Ze zei altijd tegen mams dat de kalebassen zouden verhinderen dat we geld kregen.

'En waarom wil mams geen gordijnen voor de ramen? Of koopt ze geen tapijt of sierspulletjes, al die dinges die 'n vrouw zo trots maken? Onderwijs, dat is 't em. Te veel onderwijs. Kijk es naar al die boeken die ze hebben, overal waar je kijk enkel boeken. En kijk es hoe je vader d'r bij loopt! Kan-ie geen fatsoenlijke schoenen dragen in plaats van die slippers? En die lange baard van z'n kin afscheren? Jullie hebben geld – hij gaat altijd overzee – waarom koop paps dan zo'n ouwe gammele bestelwagen?

En netjes opgevoed – jullie eten elke dag met mes en vork, dekken de tafel mooi met servetjes en zo. Goeie manieren. Goed opgevoed. Kijk es hoeveel blanke mensen jullie kennen. En ministers en zo. Waarom gaan jullie dan om met die langharige mensen hier, hè? Halen die rasta's en zo in huis. As paps zo doorgaat, brengt-ie jullie allemaal in de problemen. Denk je da'k nie weet dat 'n boel van die rare lui die bij jullie op visite komen, mensen van de oppositie zijn?

Zie je mij hier? Zie je me op me trap zitten? Ik zeg niks. Mams en paps moeten toch weten wat 'r hiero gebeurt. Maar ik zeg niks. Kijk toch es wat 'r in dit land gebeurt – ik begrijp 't allemaal niet! De mensen kunnen geen boe of ba in hun eigen huis zeggen, of ze horen 't in 't parlement.

't Is nie meer zoals vroeger. De mensen kunnen mekaar geeneens meer beschermen, weet je. Want as je je omdraait, wor je door diezelfde lui verrajen. Net als die lui van de coöp.

Zie je mij hier? 'k Zie niks. 'k Hoor niks. As ze 't me vragen, weet ik nie wat er bij jullie gebeurt. 'k Weet van niks, hoor. 'k Weet van niks.'

Ze wilde dat haar kinderen onderwijs kregen maar niet dat ze zo zouden worden als wij.

Bullit, Sugar Baby en Rumshop Cockroach waren de drie hoeren van Tamarind Grove. Ze steunden elkaar door dik en dun, als het nodig was, en in de tussentijd vloekten ze op elkaar. Een zachte koele namiddag was het perfecte ogenblik om Sugar Baby gade te slaan die wiegelend de weg afkwam in haar afgeknipte spijkerbroek, fris gewassen en gepoederd, zonder make-up en met een grote kam in haar haar gestoken. Ze liep met een houding alsof ze onaantastbaar was, achteroverleunend, een hand voortdurend op haar heup, schommelend op o-benen. Haar dikke buik ging voorop en duwde de bovenste knoop van haar korte broek open. Als het overdag op zijn warmst was, had ze haar truitje soms omhooggeschoven en onder de rand van haar tietjes geklemd, zodat er nog meer van haar gladde rode huid te zien was. Het gaf niet dat ze een platte kont had, ze kon evengoed een man krijgen. En hoe haar gezicht eruitzag gaf ook niet – hazenlip en een onderlip die anderhalve centimeter langer was dan haar bovenlip, en daaronder een vooruitstekende kin. Je gaf haar de ruimte als ze de straat door liep en, met haar hoofd achterover, door de spleetjes van haar halfopen ogen gluurde, klaar om bij het minste of geringste een grote mond op te zetten. Ze keek dwars door kinderen heen alsof ze niet bestonden, ook al was haar buik dik omdat ze er zoveel had gehad. Vrouwen bekeek ze amper of ze kregen een grote mond als ze jong en mal uitgedost waren. Oudere vrouwen, van wie de mannen niet naast de pot pisten, kregen een knikje. Ze voegde altijd iets aan de zware loomte van de middag toe wat zelfs ik kon herkennen, terwijl ik haar vanachter het bovenraam langzaam met mijn ogen volgde. Iets wat een vleugje van de nacht bevatte.

Ze was op weg naar Bottom House Crappo die op het kruispunt van de Hoofdweg bloedworst verkocht en daar de hele avond breeduit op een plastic emmer zat. Sugar Baby hurkte tussen haar enorme knieën, benen naar achteren gevouwen en wijd vaneen, zodat de zwarte huid aan de binnenkant van haar dijen te zien was. En dan kamde Bottom House Crappo haar haar. Tegen de tijd dat ze klaar waren, gingen de neonlampen van het benzinestation en de straatlantaarns aan. Als het een drukke avond was, ging Sugar Baby naar huis om zich te verkleden en kwam dan weer naar buiten. Als het stil was, bleef ze bij Crappo rondhangen tot alle bloedworst verkocht was en hielp ze haar de emmers en het blad naar huis dragen.

Sugar Baby heette vroeger Baby Doll. Dat was voordat ze gesnapt werd, hoewel zij eigenlijk niet gesnapt werd maar meneer DeAbro. Zij en Bullit, de andere hoer, hadden de gewoonte om op de waranda van de winkel van meneer DeAbro rond te hangen. Lummelden maar wat en lachten luidruchtig. Lachten tot ze dubbel lagen, sloegen op de houten leuning, terwijl ze tegen de opengeklapte vouwdeurtjes leunden die de winkel aan de voorkant afsloten. Als mevrouw DeAbro naar de winkel kwam gingen ze ervandoor en zij hield haar mond tot ze weer thuis was. Pas dan klaagde ze over haar beproevingen. Ze had altijd geweten dat Ricardo een reden had waarom hij ze niet wegjoeg.

Die middag had Emelda DeAbro al een sombere bui. Het was in de tijd dat Felix nog niet Ver Weg was. Felix, haar hoop en haar ideaal, had net een tweedehands auto gekocht in plaats van zijn geld op te sparen om naar Canada te gaan. Hoe lang zou ze nu moeten wachten voor hij zover was? Een ellendige auto! Zodat hij de áuto kon nemen als hij bij die ordinaire niksnut van een meid uit Cambellville op bezoek ging en áutoritjes met haar kon maken. Als hij het maar uit zijn hoofd liet de auto te laten zien als zíj erin zat.

Toen ze Bullit en Baby Doll op de waranda van de winkel zag, stoof Emelda naar binnen en smeet de achterdeur ruw dicht. Ze bediende een van Ricardo's klanten voor de toonbank alsof haar man niet bestond, sloeg met een klap het deksel op het blik met zoute crackers en hielp nog drie klanten, terwijl Ricardo er dromerig met een bezig was. De lijnen om haar mond werden diepe groeven. Baby Doll en Bullit haastten zich zo achteloos mogelijk weg en mevrouw DeAbro begon meer op haar werk te letten.

In het donkere interieur van de winkel schepte Emelda verwoed meel in bruine papieren zakken, terwijl ze een wolk van wit deed opstuiven. Ze gooide ze op de weegschaal en rukte ze er weer af, voor de gewichten goed en wel de kans hadden gekregen omhoog te gaan. Sloot de zakken, zonder te morsen... stampte ze een voor een op de toonbank, pakte de rand vast, sloeg die om, draaide de hele zak eenmaal rond en vouwde dan de puntjes naar beneden. Zakken van één pond, twee pond, en toen van vijf, waarbij ze haar halve lichaam vooroverboog in de grote kreukelige meelzak. Met ieder haartje op haar gezicht en armen wit van het meel, was ze om zeven uur klaar en stormde ze als een heks door de nacht naar huis terug, zonder een woord tegen Ricardo gezegd te hebben.

Je kon er donder op zeggen dat er die avond bonje in huis zou zijn. Zodra ze het hek binnen was, weerklonk het gevloek over 'Ricardo en die rothoeren'. Mevrouw DeAbro was een dame die niet vloekte. Ze was een keurige, goed katholieke, fatsoenlijke vrouw. Maar die avond kreeg iedereen een veeg uit de pan, zelfs Theo die haar kippen al gevoerd had en de eieren geraapt. Tegen negen uur was ze wat afgekoeld en zat ze als een ziedend, gespannen bundeltje op de waranda, armen om zich heen geslagen, benen tegen elkaar gedrukt. Tegen tienen lag ze als een snikkende hoop vodden schaamteloos te huilen op haar bed. Tegen de tijd dat de oudere meisjes haar met Limacol hadden gemasseerd en een kompres op haar hoofd hadden gebonden, was het middernacht en dommelde ze onrustig.

De hysterie van die avond had Ricardo allang het huis uit en de kroeg in gejaagd. Theo ging met hem mee. Om twee uur in de morgen, toen Theo terugkeerde, werd de rusteloze Emelda gewekt door het klikken van het tuinhek. Ze ging op de waranda zitten. Haar hoofd was nog steeds verbonden met het kompres, een koel briesje rimpelde haar gele nylon nachtpon en zo zat ze tot het geluid van de winkel aan de overkant van de weg pas echt tot haar doordrong.

'Anne-Marie! Agnes! Jullie rotvader en die rothoeren! O, god, ik vermoor em!'

Ze sprong als een vleermuis boven op hen en sleurde ze uit bed. Terwijl ze met haar ene hand de vijzel greep en met haar andere hand haar hoofd vasthield, stormde ze het hek uit en de weg naar de winkel over, voordat ze haar konden tegenhouden. Jammerend en krijsend, beukte ze met de zware stamper tegen de zijkant van de winkel. Het kabaal dat ze maakte, was in ieder huis in de buurt te horen.

'Ik vermoor je, verdomme! Wil je verdomme zo graag neuken? Wil je verdomme zo graag 'n zwarte hoer neuken? Maak die rotdeur open dan breek ik je nek, schoft die je ben! Ik weet dat ze daarbinnen zijn. Maak die rotdeur open!'

Bam, bam, bam.

'Ik sla em vanavond in, Ricardo. Ik za' je verdomme wel krijgen!'

De meisjes waren te bang om dicht bij haar te komen en hun gesmeek om toch vooral zachtjes te doen hadden ze al lang opgegeven. Net toen Emelda een nieuwe aanval deed, opende meneer DeAbro de deur. Eerst maar een klein stukje en toen langzaam verder, terwijl hij opzij stapte om de schuimbekkende Emelda binnen te laten. Hij zag er blozend en rood maar kalm uit. Nadat hij een blik op zijn dochters had geworpen die in de donkere tuin dicht bij elkaar stonden, draaide hij zich om en volgde Emelda's spoor van dreunen en knallen diep in de winkel.

Het kabaal zette nu op volle sterkte en in alle toonaarden in, terwijl de stamper daverend van blikken met crackers naar houten vaten met gezouten varkensvlees en van ijzeren steunbalken naar gelamineerde toonbanken ging.

'Waar heb je dat rotwijf verstopt?'

Glasgerinkel.

'Zeg je niks?'

Het geluid van een aluminium gootsteen.

'Ik weet dat die vuile teef hier is!'

Toonbank en tinnen magazijnplank.

'Neuk je nou spoken? Waar zit ze?'

Emelda bleef slaan, maar de geluiden werden allengs zwakker en zwakker. Tot je alleen nog 'Ricardoooo!' hoorde.

Toen gingen Anne-Marie en Agnes naar binnen en kwamen met haar naar buiten. Geen spoor. Geen spoor van die hoer van wie ze wist dat die binnen zat. Verslagen, nadat ze de ellendigste dag en nacht van haar leven had gehad. Het was meer dan ze kon verdragen.

De volgende morgen deed er een nieuw bericht de ronde: Baby Doll heette van nu af aan Sugar Baby. Ook de suikerton had een paar meppen van de zwaaiende stamper gekregen. Meneer DeAbro had haar erin geduwd en het deksel erop gedaan. Wekenlang kocht niemand suiker van DeAbro. Sugar Baby was in trek en Emelda was stil. Meer dan ze kon verdragen. Mams zei dat het een zenuwinzinking was, vandaar al dat gevloek.

Bullit was een heel ander verhaal. Was negentien jaar en een meter tachtig. Had zware rechte dijen en dikke enkels. Ongekapt, kort haar, hoge brede schouders, en ze was goedlachs. Dat ze Bullit werd genoemd, stamde uit de tijd dat ze een vriendje had. Hij kwam uit Scheme en was een drugdealer, zo had ze de smaak van het wilde leven te pakken gekregen. Ze stond met hem te lummelen toen een andere dealer hem neerschoot. Maar hij miste en zij kreeg de kogel in haar poesje. Echt waar. Ze moest naar het ziekenhuis om hem eruit te laten halen en sinds die tijd was de naam aan haar blijven hangen: Bullit. En hij, die drugdealer, ging geeneens bij haar op bezoek in het Georgetown General. Tegen de tijd dat ze uit het ziekenhuis kwam, had hij al een andere vriendin. Hij zei tegen Bullit dat hij niet met kneuzen omging. Maar doordat ze er op straat zo mee werd gepest, werd ze een heldin. En omdat het een pittige meid was, nam ze de uitdaging aan en begon mannen te laten zien wat je met zo'n heet kogelkutje kon doen. Ze kreeg de naam dat ze het vlugste, heetste nummertje kon maken en daarom duurde het niet lang voor ze besloot er haar beroep van te maken.

Ze was de jongste en meest onervarene van de drie en nog zacht van aard, ook al had zij de beste klandizie. Had nog geen eelt op haar ziel. Ze liep zoals ieder ander meisje van negentien over straat liep. Haar kleine puntige tietjes wipten op en neer onder het dunne witte hemdje. Haar korte broek spande om haar stevige achterwerk. En iedereen, van mijn broer tot oom Joe, moest haar wel nakijken of iets tegen haar roepen. Voor iedereen had ze dezelfde sprankelende glimlach en hetzelfde vriendelijk antwoord. Je moest haar wel aardig vinden. Ik mocht haar op dezelfde manier als ik de stadsvriendin van mijn oudere zus bewonderde. Ook zij had die lange slungelige maar zware manier van lopen waarbij haar tietjes op en neer wipten. Met dat wippen zei ze tegen iedereen: 'Ik hou van seks, nou en?' maar niet op een verwaande manier. Die stadsvriendin van mijn zus kwam uit een snobistisch gezin. Ze was ook slim en zat op het Queens College. Ze hield zoveel van seks dat alle jongens op school en elk vriendje dat ze meenam naar ons huis, haar op een vertrouwelijke manier aanraakten. Zo was het met Bullit ook. Ze waren zo gul met hun seksualiteit dat 't gewoon een genot was om een van hen op een bank te zien neerploffen – lange benen uitgestrekt, glimlachende volle lippen, ogen lachend tot spleetjes geknepen.

Rumshop Cockroach was zoals haar naam zei. Geen greintje waardigheid. Er was niks wat zij niet voor een paar dollar deed. Ze woonde met een man samen, Clinton, en ze had een paar jonge kinderen. We hebben nooit geweten of Clinton de vader was. Ze woonden in een klein houten huisje achter de schuur aan de overkant van de weg. Er stonden geen bomen omheen en er was ook geen toilet of latrine buiten. Alleen dat dichtgetimmerde verweerde geraamte stond op dat lapje grond. 's Morgens kleedde Rumshop Cockroach de kinderen in de deuropening aan en kamde hun haar, voor ze naar school gingen. En 's middags als ze thuis waren, zat Rumshop Cockroach in de deuropening terwijl zij speelden of brandhout zochten.

Clinton was haast nooit thuis. Hij was heel zwart en pezig, monteur, lasser, een man die door niemand werd lastiggevallen. Overdag liep hij zwijgend en besmeurd met zwarte smeer in de warme zon. 's Avonds, huid glimmend geboend en met een schone overall aan, zette hij een donkergroene rechthoekige zonnebril op, met een goudkleurig metalen montuur. Hij liep altijd, dag en nacht, aan het uiterste randje van de weg alsof hij andere mensen wilde vermijden. Je zag nooit zijn ogen. Overdag keek hij naar zijn voeten en 's avonds, met die zonnebril op, zag je alleen maar het montuur. Ik geloof dat hij aan één oog blind was, maar zelfs mijn broer Yan en zijn vrienden durfden hem niet Een-Oog Clinton te noemen.

Rumshop Cockroach was ook pezig. Uitgeteerd, hologig, met een dikke harde buik die haar droge huid strak trok. Gerimpeld vel hing aan haar magere armen en benen. Haar tenen omklemden de voorkant van haar slippers en haar dunne vingers waren er altijd vlug bij om de restjes rum in de glazen van de mannen te pakken. Soms verloor ze de paar dollar die ze verdiend had omdat ze zo dronken was. Maar de mannen in de kroeg van St. Kitts pasten op haar en zorgden ervoor dat ze niet door vreemdelingen in mekaar geslagen of afgezet werd. Ze sloop altijd rond langs de donkere verzinkte muren van de kroeg maar mocht niet in de 'hotelkamers' boven komen. Dat vond ze niet erg, achter de schutting ging het ook wel.

Die dag kwam er uit het dichte huis het geluid van een hand die op een huid kletste. Wij vieren zaten naast elkaar achter de schutting aan de overkant van de weg, op onze hurken, ons gezicht tussen de staken van ruw groenharthout gedrukt. Een harde klap tegen de muur binnen klonk als een vallend lichaam. Geen geschreeuw, geen gehuil, geen geroep. Toen kraakte er iets. Hij moest een stoelpoot of zo hebben afgebroken. Een geluid alsof iemand ermee werd geslagen en toen drong er een schel onmenselijk gejammer door de kieren van dat huis naar buiten.

Een kleine menigte begon zich op de onverharde straat te verzamelen. Tante Ruth, de obeahvrouw die achter de winkel van DeAbro woonde, kwam naar buiten en leunde tegen een kokosboom. De klappen kwamen nu snel achter elkaar neer en er sijpelden snikken en gesmoorde kreten uit het huis. De deur vloog open, spuwde de kinderen uit en sloeg weer dicht. Ze stonden erbij als een trillend hoopje huid en tranen, knipperend naar de groep mensen op straat, toen wurmden ze zich onder het huis in de modder. Er kwam nog meer gebons van binnen. Klonk als geworstel. De kinderen kropen dichter bij elkaar in de modder. Een felle, harde klap van een vlakke hand op huid. En toen nog een. We keken zo ver mogelijk naar opzij door de latten van de schutting, naar de volwassenen. De mannen begonnen weg te lopen. Toen begon een diep gegrom het gebons af te wisselen. De gesmoorde snikken kwamen nu vaker en kregen een andere klank. We spanden ons in om de gezichten van de volwassenen weer te kunnen zien. De vrouwen keken schuldig.

'Hij is d'r nou aan 't neuken,' siste Judy.

'Je liegt!'

'Nee, meid, hoor maar.'

We spitsten onze oren, vingen alle kleine geluidjes op. Het klonk nog steeds als geworstel, maar het grommen en snikken begon luider te worden. De klap van een hoofd of een knie op de vloer, nu en dan, drukte de kinderen dieper in de modder. De gesmoorde kreten begonnen aan het eind omhoog te gaan. Het was duidelijk dat ze nu aan het neuken waren en dat het gauw zou eindigen, luid en gênant. De vrouwen begonnen hun kinderen weg te jagen en sleepten ze mee, de straat uit. Een paar jongens hadden door wat er aan de hand was en lagen dubbel van het lachen. Ze rolden als een stelletje mafkezen door het zand. Tante Ruth gebaarde ruw 'hier komen' naar het groepje kinderen onder het huis, draaide zich toen om en verdween, met een uitdrukking vol afkeer en een gefladder van haar rokken. Het geluid van neuken werd luider. Woest. De kinderen maakten zich los en vluchtten naar de overkant, naar tante Ruth. Er weerklonk een schreeuw. Toen was het stil. Alleen het geluid van onze ademhaling en de sterke geur van groenharthout.

4

Tante Ruth, de obeahvrouw, kon je met één blik doen sidderen. Ik had medelijden met de kinderen die naar haar toe holden. God mocht weten wat ze nu met ze doen zou. Die middag, toen Clinton en Rumshop Cockroach klaar waren met neuken, begonnen we te letten op wat er in de tuin van tante Ruth gebeurde.

Het kleine bovenhuis van tante Ruth was altijd dicht en afgesloten met gordijnen. Eronder bevonden zich een kamertje, grote kippenhokken, manden, een hangmat en brandhout. De vrijstaande, met dakspanen bedekte keuken stond een paar meter van de achtertrap af. Binnen zag het zwart van de houtrook. De hele tuin was keurig schoon, kil en onheilspellend, met gladde, vochtige, aangestampte aarde. Waar los zand lag, zag je de sporen van tante Ruths stoffer. Ze was altijd aan het vegen. De tuin aan het vegen. Onder het huis. In de keuken. Met haar hand omhoog, steunend op haar gebogen rug. Maar hoewel ze de hele tijd aan het vegen was, leek het niet of ze op haar werk lette.

Ze was een sterke, breedgeschouderde vrouw, met een rechte rug. Zelfs als ze aan het vegen was, boog ze vanuit haar heupen en zwenkte met gemak naar de grond, waarbij haar rokken recht en haar billen hoog in de lucht bleven. Ze had altijd een hoofddoek om. Hoge jukbeenderen en wijde neusgaten. Lippen, die uitgerekt en daarna gekrompen waren, hingen en schudden als ze praatte. Aan haar rode, doordringende ogen kon je zien dat ze een obeahvrouw was. En een bloedzuigende ouwe heks. Alles aan haar had iets dreigends. Van haar luide schelle lach, uit een mond vol gaten en gouden stompjes, tot de manier waarop ze haar pijp rookte en waarop ze liep, wapperend met al die lagen van haar oude rokken die ze nooit uittrok. Een van de kinderen van juffrouw Nora kwam eens onder die rokken terecht. Hij was de knippa's van tante Ruth aan het pikken en ze zag hem. De volgende dag op straat, toen ze wapperend de weg afliep alsof ze hem niet zag, pakte ze hem gewoon beet en stopte hem onder haar rok. Het ding werkte als een stinkval, hij kon geeneens brullen. Stikte haast, want geen mens heeft haar ooit in bad zien gaan, dus hij kwam zowat om van de stank daar. Ze pakte zijn hand door haar rok, sleurde hem mee naar het hek voor haar huis en liet hem gewoon los toen ze naar binnen ging. Je zou geeneens geweten hebben dat er een klein kind onder zat. Hij heeft ons er nooit over verteld, maar haar rode ogen fonkelden nu als ze een van ons aankeek die het had zien gebeuren.

Later dat jaar stierf het kind van Popo en Ursie – het kleindochtertje van mevrouw DeAbro – aan kwaad bloed. Het was tante Ruth die het doodskistje liet maken en de dode baby waste en aankleedde. Tante Ruth kwam en nadat ze zachtjes met mevrouw DeAbro had gesproken, ging ze aan de slag alsof het de gewoonste zaak van de wereld was. Mevrouw DeAbro was katholiek, dus ik weet niet hoe een obeahvrouw als tante Ruth erbij was gekomen, maar Theresa, de kakmadam-met-de-lichte-huid van het gezin, werd woest en zorgde ervoor dat de baby niet naar het huis van tante Ruth werd gebracht. Als de kleine Isabel met haar was meegegaan, zou ze misschien gewoon in die duistere tuin zijn verdwenen. En wat er daarna uit te voorschijn was gekomen, had misschien wel op de kleine Isabel geleken, maar dat ze het niet was wisten we zeker.

Dit was de eerste keer dat we tante Ruth haar obeah zagen bedrijven. Ze tilde het kindje op en hield het in haar arm alsof het een levende baby was. Zoals ze in de slaapkamer van Emelda rondliep, met de kleine Isabel in haar arm geklemd, en dingen eiste als een washandje en een dekentje, zou je gezworen hebben dat je zo dadelijk babygeluidjes zou horen. De kleine Isabel begon nog maar net blauw te worden. Mevrouw DeAbro joeg ons niet lang daarna allemaal de kamer uit. Toen konden we enkel nog zachtjes praten voor de deur. Ze moest alle kleertjes van de baby hebben uitgetrokken. En het blauwige kleine lijfje aan het betasten zijn. Erboven staan te zeveren en met die trillende lippen te schudden. God mag weten wat ze nog meer met die baby deed, maar het duurde erg lang. We wachtten en wachtten maar, gingen djamboes plukken en kwamen weer terug. Toen was ze klaar.

'Roep Emelda.'

Emelda en Ursie kwamen en we gingen allemaal de kamer in. Er was geen bloed op het gezicht van tante Ruth of op de vloer. De kleine Isabel lag, zuiver en onschuldig, op de toilettafel in haar doodskistje, haar jurkje schoon en nieuw. Piepkleine glanzende zwarte lakschoentjes en witte kanten sokjes piepten onder de zoom uit. Om haar ene polsje had ze nog steeds haar gouden armbandje en om haar andere de katoenen draad met het gezicht van de Maagd Maria eraan die de priester om had gebonden. Het koperen kokertje, met het bidprentje erin, moest nog altijd aan de binnenkant van haar hemdje gespeld zijn. Haar huid zag er zacht en schoon uit en ze glimlachte een klein beetje, alsof ze misschien gewoon haar oogjes zou openen en je twinkelend aankijken. Ze zag er heel gelukkig uit. Ursie, verrast door de aanblik van Isabel als een engeltje in dat kistje en het zonlicht dat door de kamer danste en teruggekaatst werd door de spiegels van de toilettafel, kon zich niet meer goed houden. Ze kreunde zacht, gleed uit Emelda's arm en zakte als een zielig hoopje op haar knieën.

'Ze heb vrede,' zei Emelda.

En terwijl we daar stonden en Ursies schouder aanraakten, leek het alsof de toilettafel een altaar was. Of hij heilig was. De lange spiegel in het midden en de twee opzij, weerkaatsten driemaal het engelachtige beeld van de kleine Isabel. Het hout van de twee laden rees aan weerskanten van het kleine kistje op, alsof het speciaal zo voor haar gemaakt was. Haar kleine gouden kruisje glinsterde op het gesmokte lijfje. Van ergens achter ons vroeg tante Ruth aan Emelda of ze twee nieuwe centen had om op de ogen van de kleine Isabel te leggen.

Tante Ruth was de enige vrouw in Tamarind Grove die onze Leider, kameraad Linden Forbes Burnham oneerbiedig durfde te behandelen. Hij was de premier die zichzelf tot president had benoemd. Was nu al jaren aan de macht maar het ging alleen maar slechter. Hij – de regering – was de eigenaar van alles en alleen PNC-mensen kregen werk. Hij vergaf zo veel banen dat alle overheidskantoren vol zaten met half slapende mensen, en er waren overal coöperaties en vakbonden.

Tante Ruth had wel een plaatsje in de rij voor de coöp aan de Hoofdweg, maar ze stapte rond aan de rand van de weg. De rij strekte zich uit van de winkeldeur, langs de slagerskraam, tot bijna aan de gevel van de bioscoop. Vrouwen en kinderen stonden, in de hitte en het stof van elf uur 's morgens, te wachten om kookolie en zeep te kopen. Burnham had importartikelen verboden en overal was gebrek aan. Meneer DeAbro was het zo beu om steeds maar weer 'we hebben nog niet' en 'geen olie' te zeggen, dat hij de gegalvaniseerde maatbeker omgekeerd op de toonbank had gezet. Nu hoefde hij alleen maar zijn handen op te heffen en ernaar te wijzen. Sunlight-zeep, met zijn helderblauw en gele verpakking van waspapier, werd een luxeartikel, dat je alleen van venters of straathandelaars kon kopen. Alleen plaatselijk gemaakte Lux en Lifebuoy werden nu in de winkels verkocht, maar zelfs die waren schaars, omdat de bestanddelen ingevoerd moesten worden. En hoewel er op het pakje met de Lux-dame, die je met haar roze teint verleidelijk aankeek, 'luxe zeep' stond, voelde het niet als een luxe wanneer die roze, goedkoop ruikende zeep je enige keus was. We waren een generatie van Lux-meisjes en Lifebuoy-jongens. Bezoekers of iedereen die Ver Weg ging, brachten nu Camay en doorzichtige Pears-zeep als cadeautje mee. Die gebruikten we in de kerstvakantie of bij speciale gelegenheden. Naarmate mams meer genoeg kreeg van de toestand in Guyana, merkte ik dat ze haar cadeautjes niet voor speciale gelegenheden bewaarde, maar ze gebruikte wanneer ze daar zin in had. Alsof het gewoon zeep was om je mee te wassen en niet om te hamsteren.

Die ochtend bij de coöp stonden we met onze olieflessen in de rij, ingeklemd tussen boezems en billen. De bewaker opende en sloot de twee deuren en liet één persoon tegelijk naar binnen en naar buiten. Alle mensen die daarbinnen werkten kwamen uit Tamarind Grove. Maar zodra ze het kostbare meel in zakken stopten en de zakjes schaars melkpoeder dichtmaakten, deden ze alsof ze de mensen met wie ze waren opgegroeid niet hoorden of zagen. Knorrig, met zure gezichten. Iedereen die er werkte had een 'functie'. Als ze geen inpakker waren, dan waren ze sorteerder. Als ze geen chef waren, dan waren ze bediende. Er waren drie managers. Er was zelfs een conciërge – zo iemand die de hele dag alleen maar veegt en zich met iedereen bemoeit. Er was meer personeel dan voorraad op de planken.

Als je dan eindelijk binnen was, je hoofd warm van de zon, waren alleen de twee caissières en drie klanten in de grote koele winkel te zien. Het enige wat je op de planken zag waren restjes uit opengebarsten zakken: spliterwten, kikkererwten, linzen, bloem, zout, een beetje suiker, een paar losse lucifers. Er waren altijd nog enkele blikjes Baygon en Shelltox-spray, tandpasta en een paar doosjes Fish-muggenpapier. De inpakkers en sorteerders keken lui toe wanneer je naar ze toe liep. Als je dan bij hen was en je olie-fles aanreikte, drong de walgelijke lucht van de kookolie in je neus terwijl ze je rantsoen in je fles goten. Vandaag mochten we maar één liter per persoon hebben en vier stukjes zeep. De inpakkers en bediendes keken je helemaal na als je met je miezerige olie naar de caissière liep, keken hoe je de dikke vierkantjes zeep opraapte, voordat ze hun aandacht op de volgende arme sloeber richtten.

De oudste dochter van juffrouw Nora was een van de caissières in de coöp. Tante Ruth zelf had haar een peperspoeling gegeven toen ze klein was. Maar nu had ze een beetje Burnham-macht en was precies als de rest. Om twaalf uur was zij het die tegen de bewaker zei dat hij geen mensen meer binnen mocht laten. Ze liet je zeep in een papieren zak vallen, hief haar ongeïnteresseerde gezicht op en gleed van haar kruk om naar huis te gaan voor het middageten. Buiten slofte ze de menigte op haar slippers voorbij en dan liet ze de mensen tot één uur wachten wanneer ze langzaam kwam teruglopen.

Van ver kondigde een gillende sirene de komst van Burnham aan, en een golf van gemor kabbelde van de achterkant van de rij naar voren. De zwarte limousine stopte opeens vlak voor de coöp. Politiemotoren, met hun zwaailichten nog aan, reden eromheen terwijl onze Leider, kameraad Burnham uitstapte. Een glimlach op zijn blozende gezicht, zijn ogen uitdrukkingsloos, precies zoals op de schriften en reclameborden. Hij was gekleed naar de mode van de welgestelde Afrikaanse politicus: grijsblauw overhemdjasje over zijn buikje, zwarte glimmende schoenen en gouden horlogeband om zijn pols. Overal rondom hem begeleiders, hetzelfde gekleed, met donkere zonnebrillen op.

'Mevrouw Sampson, 'k zie dat u zelfs met al die warmte geen pondje lichter ben geworden. Uw man moet sterk zijn! Hè? Hebie geen hulp nodig?'

Mevrouw Sampson, haar kolossale arm gebogen, hand in haar zij, verplaatste haar gewicht en sloeg haar ogen neer voor ze Burnham aankeek. Halzen strekten zich uit om eerst naar haar en daarna naar hem te kijken.

'En mevrouw Bee,' ging hij verder, 'u heb onlangs goed werk voor Tamarind Grove gedaan. Wat kan u nog méér zo goed? Wat voor wérk kan u voor mij doen? 'k Hou van 'n vrouw die hárd werkt.'

Een paar vrouwen in de buurt van mevrouw Bee lachten en klopten haar op de schouder. Mevrouw Bee en mevrouw Sampson waren gerespecteerde politieke leidsters in het dorp. Ik had ze nog nooit zo kinderlijk en schutterig zien doen.

'Jullie zijn in groten getale naar de Volksdagmanifestatie gekomen. Heel indrukwekkend.'

'En dáárvoor betalen we je? Dat we verdomme voor elk dingetje in de rij moeten staan?' riep iemand voor in de rij.

'Ach, hou je mond, je ben al zowat binnen. Wat heb jij nou te klagen? Moeten jullie nu soms voor onderwijs betalen? Nee. Moeten jullie voor schoolboeken betalen? Nee. Binnenkort hoef je ook nie meer voor schooluniformen te betalen, dát doe ik voor jullie – ik geef jullie 'n toekomst. Waar staan jullie nu voor in de rij?'

Inmiddels was tante Ruth vlak naast Burnham gaan staan.

'Kookolie en zeep,' siste ze tegen hem.

Hij draaide zich om en keek haar aan. Ze nam hem van top tot teen op.

'Olie? Olie om mee te koken? Jullie hoeven nie voor olie in de rij te staan. De kokosnoten vallen van de bomen in dit land. En zeep? Jullie kunnen je kleren met zout wassen. Zout genoeg hier.'

Dat was de eerste keer dat iemand hoorde dat je je kleren met zout kon wassen. Met zout?

'Burnham...' kraste tante Ruth langzaam, zonder zich te verroeren en hem van opzij aankijkend, '... je lult uit je nek. Weet je wat jij kan doen? Je kan me zwarte reet likken.'

5

❋

Vandaag is Rachel de Vrouw en ik ben de Man. Sammy is de Vrouw en Judy de Man. Soms waren we allemaal gewoon meisjes, met een handdoek over ons hoofd voor lang hippiehaar. Dan trokken we een oude broek-met-wijde-pijpen van mijn zusjes aan, lieten de knoopjes van onze bloes open en strikten hem van voren dicht, oefenden ons in het trekken van een pruilmondje, terwijl we met hangende schouders, heupwiegend rondliepen. Of we zaten onderuitgezakt, benen wijd uit elkaar, en deden alsof we rookten. Zwaaiden met ons handdoekhaar, kin omhoog en keel naar achteren gebogen, op die verveeld-sexy manier.

De batterij voelde koud aan op mijn kutje in mijn onderbroek. Judy had ook een batterij. Het gaf me een heel intiem gevoel in die grote muffe kleren. Ik had een blauw overhemdjasje en een versleten, beige corduroybroek van mijn vader gevonden. Die had ik opzij met touwtjes vastgebonden. De Vrouwen droegen een ouwe bh met sokken erin en dichtgespeld op hun rug, een lange jurk en roze en blauw handdoekhaar. Judy en ik hadden onze schoenen aangetrokken – dan voelde je je belangrijker – en wandelden het huis uit, naar de drukke straten van de stad. De straat was de voorkamer boven. Daar stonden we te kletsen, met onze kin op de borst en handen in de zakken, zoals mannen doen als ze het over belangrijke zaken hebben. Het feit dat geen van onze vaders in een straat met trottoirs werkte of op deze wereldwijze manier stond te kletsen, maakte voor ons niet uit, terwijl we tegen de vensterbanken leunden en nonchalant ons ene been over het andere sloegen. In de romantische wereld van de film – zoals echte mensen leefden – deden mannen dat. Ondertussen deden Rachel en Sammy in huis wat vrouwen doen.

Als ik een vrouw was, was ik trots op mijn werk. Ik deed niet alsof, maar ging op mijn knieën liggen en wreef de hele vloer van de kamer die ons huis was. Ik maakte de keuken netjes aan kant, maakte de bedden zonder één rimpeltje op, me voortdurend bewust van mijn zwaaiende handdoekhaar en de sokken in de bh die tegen mijn platte tepels drukten. Die vrouwen in de Gary Cooper-films waren maar saai. Ze deden niet eens wat, en dan was opeens hun huis keurig schoon en stond het eten klaar. En als het op 'het' aankwam, deden ze dat ook geeneens.

Toen we na de gejaagde wereld van Wall Street de deur binnenstapten, brachten Sammy en Rachel snel hun haar en jurk in orde. We hadden onze werkdag goed getimed, omdat we zelf huisvrouw waren geweest en wisten hoeveel tijd je nodig had om de kamer schoon te maken. We gaven ze, met ernstig gezicht, een vluchtig kusje op hun wang en deden alsof we onze hoed afzetten en die achter de deur ophingen. Op een vermoeide, gelaten manier mompelden we iets over 'weer 'n dag die erop zat' en we gingen allemaal aan tafel. Toen we op de vloer zaten, om de rechthoekige lap die de meisjes keurig met boeken hadden gedekt, pakten we onze pennen en potloden op en begonnen netjes te eten, zonder verder nog te praten. Onze vrouwen keken steeds even naar ons gezicht om te zien of hun eten in de smaak viel. 't Was wel lekker, met van alles wat we nog nooit gegeten of zelfs maar gezien hadden.

'Deze broccoli is verrukkelijk!'

'Waar benne de varkenslappen?' snauwde Judy.

Een ogenblik lang keken we allemaal instinctief naar het midden van het kleed en barstten toen in lachen uit.

''t Is 'n vegetarische maaltijd,' zei Sammy.

'O ja, waarvoor eten we dan lamsbout?' vroeg Judy.

Het was evengoed heerlijk, maar het duurde wel een eeuwigheid voor de vrouwen, met al hun goede manieren, klaar waren met eten. Ze kauwden met hun voortanden, mond dicht en mummelende lipjes, als iemand zonder kiezen die één rijstkorreltje tegelijk probeert te kauwen. Ze ruimden de tafel af en deden de afwas boven op de ladekast, terwijl Judy en ik ons bezighielden met het ophangen van lakens voor de ramen. Toen was het nacht.

Nadat ik alles behalve mijn onderbroek met batterij had uitgedaan, kroop ik onder het laken en keek naar de vrouwen die zich uitkleedden. Ze trokken alles uit, zelfs bh's en onderbroeken. Toen Rachel haar bh afdeed, bleven de verfrommelde sokken aan haar platte borst kleven. Ik vond dat ze van ons allen het mooiste lichaam had. Ze wist het zelf ook. Ze wist dat het 't meest leek op die uit de films. Sammy en ik waren een en al armen en benen en Judy was atletisch, met een lang lijf en gespierde sterke benen. Maar Rachel had een zacht, goedgebouwd lichaam met kleine voeten zonder een enkel rimpeltje. Ik hield het laken omhoog en zij klom in bed. We wensten elkaar allemaal goedenacht en ploften en draaiden in het bed rond, geluiden makend alsof we gemakkelijk gingen liggen. Ik schudde het kussen nog eens op en liet er mijn hoofd op vallen. Rachels rug was naar mij toe gekeerd en het was warm in de kamer, met een oranje gloed. Ik stak mijn hoofd onder het laken en staarde naar de mooie krul lichtbruin goudachtig haar in haar nek, vlak onder de grote halswervel. Ze wist dat het tijd was. Onder het laken draaide ze zich op haar rug en wurmde een arm onder mijn nek. Onze hoofden lagen nu bij elkaar en mijn borst en been raakten die van haar aan. Ik liet mijn hand over het midden van haar borst naar haar navel glijden, waarbij ik de donzige haartjes volgde, en voelde mijn eigen borst opzwellen en plakkerig worden. We keken nu van dichtbij naar elkaars gezicht. Ogen, neus, lippen. Ze had nog meer donzige haartjes om haar hele mond en een snor van kleine zweetpareltjes. Ze raakte mijn wenkbrauw aan en haar adem kwam met zoete, warme pufjes tegen mijn mondhoek. Ik schoof een eindje naar beneden zodat mijn ogen op gelijke hoogte met haar mond waren en tuurde in de donkere roze opening. Ik voelde dat ik ook een snor kreeg. In het andere bed hoorde ik iets bewegen en ik stak vlug mijn hoofd boven het laken uit. Judy lag al boven op Sammy! Wij hadden elkaar nog geeneens gezoend. Ik trok mijn hoofd terug, terwijl ik me op Rachel liet rollen en kroop een stukje omhoog tot mijn kutje op de goede plek was en de batterij op zijn plaats werd gehouden tussen onze schaambenen. We zoenden elkaar nu haastig, drukten alleen maar onze lippen tegen elkaar en hielden ze daar even. Toen ik mijn hoofd optilde en mijn lippen rondom likte, deed zij dat ook. Gek was dat, ons zweet had zich vermengd, nat en zout.

We waren nu helemaal bedekt met een dun laagje vocht. Onze buiken kleefden erdoor aan elkaar tot waar onze ribben tegen elkaar drukten. Toen ik me op mijn armen omhoogduwde en we onze hals uitstrekten om te zien wat er daarbeneden gebeurde, gingen onze velletjes van elkaar, als losgetrokken laagjes van een natte plastic zak. De batterij gleed naar één kant en ik greep hem door mijn natte onderbroek heen en schoof hem weer naar het midden. Zonder de batterij te verliezen, trapten we mijn onderbroek langs mijn benen omlaag naar het voeteneind van het bed. Onze huid kwam nu overal tegen elkaar. Onze heupen raakten elkaar en mijn dijen glibberden van de hare, terwijl ik probeerde de batterij tussen onze kutjes te stoppen en hem daar te houden. Hield haar stevig vast. Ze sloeg haar armen om mijn schouders en we begonnen heen en weer te wiegen. Dit was het moment waarop de batterij altijd wegschoot. Hij gleed naar de holte opzij van haar kutje, ik volgde hem met mijn kutje en we pakten elkaar steviger vast. Wiegden harder. Rolden zo hevig heen en weer dat het laken zich aan weerskanten om ons heen wikkelde.

Haar oorlelletje was ook met dat spul bedekt, die donzige haartjes. Ik duwde mijn neus in haar oor en snoof. 't Rook nergens naar, maar ze begon ervan te kronkelen. Ik was een geit die aan zijn pies rook – duwde mijn lippen onder mijn neus omhoog en krulde ze tot ze open waren, terwijl ik mijn neus optrok en mijn hals uitstrekte. Ze deed haar best om niet te lachen; we wiegden nog steeds. Ik duwde mijn gekrulde snuit in haar oor en snoof luid. Een zacht kreetje ontglipte haar dat met een zwak gilletje eindigde toen ik nog wat meer snuffelde. Kippenvel! Alle haartjes in haar nek stonden rechtop. We gooiden het laken van ons af, snuffelden en staken, giechelend en proestend, onze lippen in de lucht, waarbij we voelden hoe onze haren overeind gingen staan door die sidderende rillinkjes. Judy en Sammy lagen nog onder het laken, maar zij lachten ook.

'Ssst, jullie maken te veel lawaai.'

We moesten er nu gauw een eind aan maken voordat er iemand kwam die ons allemaal in ons blootje zou vinden. Ik was de batterij vergeten, maar nu vond ik hem onder Rachels billen. Ik hield het laken op tot aan mijn schouders, stak mijn hand omlaag en betastte, in ernst nu, haar kutje om haar gleuf te vinden. Ze duwde haar dijen tegen elkaar, waardoor de twee lippen dikkig aanvoelden. Rachel lag gespannen te wachten, terwijl er nieuwe snorretjes op haar lip verschenen. We hielden de batterij voorzichtig in de lengte tussen ons geklemd. De platte kant drukte tegen de top van mijn kloppende gleuf, waardoor deze werd dichtgeduwd, en de andere kant, die met het bobbeltje, wiebelde op de huid vlak boven haar spleet. Ik werkte me omhoog en kneep zachtjes mijn billen samen, zodat de batterij mijn vlees tegen het been van mijn kutje duwde. Door hele kleine beweginkjes te maken, wist ik de gebobbelde kant van de batterij zó te manoeuvreren dat hij niet alleen maar recht naar beneden drukte en haar pijn deed. Terwijl we onze adem inhielden, elkaar niet aankeken en ons concentreerden, zag ik het weefpatroon van het kussensloop dat tien centimeter van mijn gezicht af was. Met bonzend hart, stijve heupen en druipend van het zweet, bewogen we de batterij een heel klein beetje. Judy's hoofd kwam opeens boven het laken uit, rood en dwaas en met een brede grijns. En toen we ons hoofd omdraaiden om naar haar te kijken, gleed de batterij weg. We zakten lachend in elkaar, snakkend naar adem.

Terwijl we ons vlug aankleedden, onze gezichten glimmend en nat in het oranje licht, lieten Rachel en ik de andere twee zien van de geit die in een oor snuffelde. We vergaten ons te haasten en snoven driemaal kort: lip omkrullen, hals uitstrekken, kippenvel en gelach. Driemaal kort snuiven, lip omkrullen, hals uitstrekken, kippenvel, en proberen je lachen in te houden.

Sammy en Rachel maakten altijd ruzie om de resten van Barbie en Midge, de afgedankte poppen van de oudere zusjes. Ze wilden allebei Barbie Diktiet, ook al had ze maar één been. De verliezer kreeg Midge Mismaakt, met haar platte borst en maar één arm. Dan was er nog Ken, de mannelijke pop zonder armen en een domme uitdrukking op zijn gezicht. En Cindy, een pop die we gemaakt hadden met het hoofd en de armen van een andere pop. Dat vonden we een goeie naam voor een blank meisje. Judy en ik hadden meestal Ken en Cindy.

Barbie Diktiet was altijd zo sexy! Paraderend met die vooruitgestoken borsten, terwijl ze op de teentjes van haar ene voet wiebelde. Ze kon haar been helemaal recht omhoogzwaaien. Midge Mismaakt kon dat ook, en samen lieten ze overal hun platte harde kutjes zien. Soms deed je de kast open en dan vond je ze daar, gewoon bloot, met hun kleren over hun hoofd omhoog. We sleepten ze door de tuin – 'Voorwaarts, door de Khyber' – terwijl Barbie Diktiet gilletjes slaakte en Ken zweeg en glimlachte. Ze klommen zwetend tegen de brede bananenbladeren op en bleven in de modder steken. Soms gingen we naar de diepvries voor een avontuur op de skihelling. Hielden de deur zo lang mogelijk open en wreven hun blote billen over het ijs. Barbie gilde: 'Wat opwindend!' Dan renden we naar boven en Judy of ik haalden Ken en wreven hem hard tegen haar aan.

'Oeoeh! Nie zo hard!'

Bam, bam, bam... het harde plastic sloeg tegen elkaar, terwijl de harde tietjes van Barbie tegen zijn borst stootten. Klak, klak, klak... we hielden ze midden in de lucht bij elkaar en lieten ze draaiend tegen elkaar komen.

'Ooo, Ken, je ben toch zo'n wilde!'

Midge liet zich ook flink door hem pakken, en ze kletste niet zo dom. En zelfs Cindy kreeg een beurt. Maar haar benen konden niet zo goed draaien. Ken had aldoor maar die domme glimlach op zijn gezicht, alsof hij gewoon voor wippen gebóren was.

Paps bracht een nieuwe Aziatische pop mee, met een bruine huid: Tamika. Ze was fantastisch. Ze had een sarong met een rood broekje eronder, lang zwart haar, een stevig lijf en een glimlach met opvallende kuiltjes in haar wangen. Ze liet Barbie Diktiet en die anderen zien wat donkere poppen konden. Ze had geen bovenstukje en een platte borst maar als ze Ken te pakken kreeg, nam ze hem goed te grazen!

'Zo ordinair!' snerpte Barbie.

'Omdat ze sexier is dan jou!'

'Nee. Z'is net als die, die... inboorlingen!'

En dan liet Rachel Barbie plat op haar buik vallen en huilen, terwijl ze met haar ene been trappelde, net zoals in de film.

6

Nadat Iggy mijn kutje had laten gloeien en sidderen, leek het alsof ik met een bom rondliep. Zou ik Judy ernaar vragen? Zij wist misschien wat van dat soort dingen af. Maar Iggy was haar broer. En van wát voor dingen zou ze trouwens wat af weten? Het was geen seks. 't Was enkel een gevoel, iets waarvoor je je schaamde. Maar Iggy scheen zich niet te schamen. Ik bleef ver bij hem uit de buurt, maar als ik hem toevallig aankeek had hij een smerige blik in zijn ogen. Dan keek hij naar me, alsof hij me zomaar ergens zou kunnen grijpen en zich weer tegen me aandrukken. Mijn kutje begon er nog meer van te gloeien.

Seks was wat we in het boek zagen: *Man en vrouw*.

'Kijk, kijk, kijk, zie je! Zo past de pik in de doos. Zie je?'

'Zo gaat 't? Zo passen ze in mekaar? O, mijn gód!'

We hadden het grote grijze boek uit de enorme boekenkast gepikt waar het zijn vaste plekje had en onschuldig tussen kunstboeken en boeken over de natuur stond. Als je die boeken door mocht bladeren, moest je het daar op de grond doen. Je mocht ze niet meenemen naar je kamer. 't Waren respectabele boeken, die duur aanvoelden. Er zaten glanzende stofomslagen om de zware exemplaren die je van de plank haalde. Als je de grote, nog nieuwe en naar inkt ruikende bladzijden omsloeg, werd je oog getroffen door prachtige voorwerpen en plaatsen. Dingen waar je zelfs nooit van zou kunnen dromen. *Man en vrouw* was het gewoonste, eenvoudigste, vreemdste boek in die kast. Toen ik het voor 't eerst ontdekte, kwam ik met een schok terug uit de Saharawoestijn waar ik was. Ik legde het op de grond voor de kast neer. Die platen! Ik keek het razendsnel door en schoof het terug op zijn plaats, donkerrood van schaamte.

Nu bekeken we elke pagina aandachtig, veilig in onze kamer met de deur dicht, terwijl er een grijs biologieboek op de plaats van *Man en vrouw* in de kast beneden stond. De lelijke harige gleuf van een grote vrouw lag opengespreid zodat iedereen hem kon zien. Ontzettend lelijk! Mijn kutje zag er vast niet zo uit. Met vouwen en plooien en een heuvel boven aan de gleuf. Verschilde niet veel van een van die aardrijkskundeboeken met gerimpeld land.

'Wist jij dat je dat allemaal heb?' vroeg ik aan Judy.

Ze was twee jaar ouder dan Rachel en ik. Sammy was de jongste. Maar zoals we met mekaar omgingen was het Judy en ik, Sammy en Rachel.

'Tuurlijk, meid, maar zo ziet 't er nie uit. Je kan 't voelen. Kan jij je topje nie voelen? Bovenaan? Ik heb de mijne bekeken met 't spiegeltje van Agnes, maar 't is anders.'

'Dat heb je gezien? Dat ding daar?' vroeg ik, naar het topje wijzend.

'Ja. Ik zeg toch dat je 't kon voelen. Voel maar.'

Ik stak mijn hand in mijn klamme onderbroek en raakte mezelf aan waar het gloeide, tastte rond. Mijn vinger raakte het hete topje aan. Het gloeide nog meer, een gevoel alsof het misschien ging plassen. Ik duwde er hard tegen, met al mijn vingers, en klemde mijn benen bij elkaar.

'Maar zó ziet 't er toch nie uit!'

'Ik zeg toch dat 't jouwe d'r nie zo uitziet. Zo lelijk.'

Mijn kutje was glad, zonder plooien en haar.

'Ik wil nie dat 't mijne d'r zo uit gaat zien!'

Sammy en Rachel sloegen als gekken de bladzijden om.

'Hé, doe nie zo ruw met dat boek.'

'Kijk!'

Een babyhoofd kwam te voorschijn uit een andere gleuf. Er was een serie foto's langs de rand van de bladzijde en daarop ging de gleuf steeds verder open tot het een ronde opening was en je het haar van de baby kon zien.

'Volgende bladzij!'

Nog verder open, tot het hoofd van de baby eruit was.

'Getverderrie! Ze scheurt uit mekaar!'

Maar ze scheurde niet uit elkaar. Op de volgende bladzijde stond de baby, ónder het bloed, en werd de navelstreng doorgeknipt. Daarvoor zag je op tekeningen hoe de baby groeide en groeide. Je zag hem van opzij en van voren door de moeder, en hoe hij aan haar vastzat met de navelstreng.

''t Komt eruit alsof ze poept.'

'Zo kom je d'r uit, weet je.'

'Weet ik, maar denk je dat de doos van me moeder d'r ook zo uitziet?'

'Tuurlijk,' zei Judy lachend.

Ik gaf haar een draai om haar oren.

'Maar wacht es! Wacht es! Moet je die pik zien!'

'Is tenminste nie zo lelijk als de gleuf van die vrouw.'

'Heb je die van je vader wel es gezien?'

'Ja. En z'n ballen hangen net zo laag.'

Op de tekening zag je het buisje dat vanbinnen door de pik liep en met de blaas verbonden was.

'Bedoel je dat-ie gewoon in d'r kan plassen?' vroeg Rachel. 'Wat vies, hè?'

'Ik vind die hele boel d'r vies uitzien,' voegde Sammy eraan toe, terwijl ze weer een bladzijde omsloeg.

''t Hele boek is vies,' riep Judy uit. 'Onze moeder zou zo'n boek nooit in huis hebben. Waarom hebben jullie eigenlijk zo'n vies boek in je boekenkast?'

''k Weet nie. Misschien weten mams en de anderen nie dat 't er is.'

'Theo heb wel van die tijdschriften met allerlei blote grieten. En 'k zag 'r een waarin ze hun open gleuf lieten zien, net als in dit boek. Maar 't zag er nie zo lelijk uit. Al heb ik nie echt goed gekeken,' zei Rachel.

Judy ging verder: 'Weet ik, maar hij moet ze wel verstoppen. Wie weet wat 'r zou gebeuren als Emelda ze vond?'

'Nou, as 't ding van 'n man 'r zo uitziet, of zoals oom Joe heb, laat ik em niet bij me gleuf komen,' zei Rachel.

'Ik ook niet,' merkte Sammy op.

Ik drukte nog steeds op mijn topje in mijn onderbroek. Zag Iggy's pik er zo uit? Hij voelde zo hard. Het moest pijn doen als zo'n groot hard ding helemaal in een zachte gleuf ging. Dat kon nooit zo prettig voelen als het vreemde gloeiende gevoel. Vooral als het al die ribbels en aders en zo had. En zijn pik voelde zo groot. Alsof het de grootste, hardste spier aan zijn lijf was. Hij duwde dat ding in de geplooide zwarte gleuf van mevrouw Peters. Moest heel akelig en pijnlijk zijn. En dan moest hij boven op haar liggen, net als op het plaatje, maar hij zou hijgen en puffen. Hij zou het fijn vinden om mensen met dat grote lelijke ding pijn te doen, dat wist ik gewoon.

Maar dat akelige gedoe van Iggy en mevrouw Peters, die in mijn gedachten seks met mekaar hadden, scheen wat te maken te hebben met de grootte van mijn topje. Het voelde dikker en heter. Dat wou hij met mij doen. Ook al gaf hij me allerlei spotnamen en riep hij luid op straat: 'Lat met 'n broek aan.' Dat wou hij met me doen. Hij was zeker een *fucker*, of wat die knullen een *motherfucker* noemden. Hij deed het immers met mevrouw Peters en haar dikke dochter. Moest wel een 'motherfucker' zijn.

Later onder de douche, viel het koele water uit de kraan aan de muur in een zachte trillende stroom op de binnenkant van mijn dijbeen. Spetters en rondvliegende druppels kwamen op mijn andere been, mijn buik en de gele tegels neer. Ik duwde mijn heupen naar de onderkant van de kraan, mijn benen wijd tegen de muur, terwijl ik met mijn handen het uiteinde van de kraan vasthield. Door het lichte geroffel van die zachte maar bijna massieve stroom water op mijn voet, had ik datzelfde gevoel op mijn vurige topje willen hebben. Ik verschoof mijn heupen een beetje en de heldere buis van water viel er rechtstreeks op. Ik kromde mijn rug een beetje om de stroom te laten neerkomen waar het 't prettigst aanvoelde. Het vallende water mocht niet ophouden. Het hamerde op de bovenkant van mijn topje terwijl de bom binnen in me opzwol, zodat mijn hart sneller ging slaan en mijn spieren zich spanden. De bom werd groter. O verdomme! Iemand zou horen dat ik de kraan heel lang liet lopen. Die vloeiende pik mag niet ophouden. Ik had de douche ook aan moeten zetten. Het topje vliegt er zo meteen af. O, mijn gód! Mijn benen schoten omlaag van de muur en ik klemde mijn dijen bij elkaar. Mijn hart ontplofte bijna in mijn borst en ik kromp ineen van het sidderen en schokken dat door mijn armen en lichaam ging. Het water sloeg met een luid gekletter op de harde tegels en toen met een zacht ploffend geluid op mijn buik. Ik trok me overeind en zette de douche aan. Kon me enkel nog maar weer trillend op de vloer laten zakken. Ging op mijn rug langs de roestplek op de tegels liggen, mijn hoofd en schouders plat onder de koele straal van de douche. Moest hard door mijn neus uitademen om zo te kunnen blijven liggen, met bruisend bloed en mijn lichaam dat langzaam afkoelde. Benen gevouwen en slap, aan weerskanten van de kraan. Volkomen uitgeteld. Bleef nog een hele poos zo liggen, met mijn ogen dicht, terwijl ik luisterde of er iemand aankwam en me afvroeg of ik die bom weer kon laten zwellen.

Na die keer ontplofte de bom wanneer ik maar genoeg tijd in de douche kreeg. De angst dat iemand me zo zou vinden, met mijn benen omhoog tegen de muur, maakte het enger. Beter. Dat en het vreselijke beeld van de lelijke delen van Iggy en mevrouw Peters, of van haar dikke dochter. Het snuiven en grommen van genot als Iggy ademde, klom met mij tegen de gele tegels op. En de grote boom keek alleen maar toe.

Honden, ezels, varkens, eenden. Alles besprong mekaar maar. Katten vochten en flepten vlak voor je neus. Leek niet veel te verschillen van waar volwassen mannen het over hadden.

'Ik hield 'r vast en gaf 'r 'n flinke beurt! Ze kon 'r niet genoeg van krijgen.' Grepen in hun kruis.

'Weet je hoe lang ze wel wou? Nou, ik heb 'r flink gepakt. Tjonge jonge! Dit motortje doet 't nog best!' Knepen in hun kruis.

'Vanavond gaan we d'r weer tegenaan, weet je. Ze lust 'r wel pap van, jonge, geloof me maar. Ze zegt dat ze 't twee maanden zonder heb moeten doen. Rijp was 't! Rijp en sappig. Jonge, heb ik vandaag 'n opkikkertje nodig!'

Kon niet veel verschillen van wat we zagen. Zoiets als ezels, die maakten zo'n kabaal en gingen zo tekeer. Midden op de dag, als iedereen stil was en uitgeput van de warmte, schoof de ritsige ezel van Cyril zijn langlange pik uit. Helemaal uit en dan schreeuwde hij als een malloot. Schaamteloos. Balkte tot iedereen wakker was en zag wat daar bungelde en vliegen ving. Kon hem niet schelen of hij de kar trok en Cyril-met-het-ene-oog hem sloeg. De weg af ging-ie, op zoek naar een ezelin, briesend en met opgetrokken bovenlip. En hij stopte niet voor hij er een gevonden had. De ezelin draafde hem tegemoet. Daar midden op straat, in het heldere middaglicht. Je voelde je stom als je er alleen maar naar keek. Cyril die schreeuwend en vloekend kwam aangerend. De ezelin die het geduldig verdroeg, terwijl Cyrils ezel op zijn achterpoten heen en weer waggelde. Zes rondstampende hoeven. Tot ze er genoeg van had. Als Cyril dichterbij kwam, begon ze weg te lopen en liet de ritsige ezel op zijn twee hoeven achter zich aan strompelen. Onhandige dwaas met zijn vooruitgestoken nek. Dan schoof hij van haar af en stond daar maar, met hangende kop en glimmende zwarte pik.

Soms, als hij rustig aan de overkant van de weg aan het grazen was, zich langzaam bewoog, zijn achterpoten strekte voor hij zijn gewicht verplaatste, kwam die lange zwarte spier te voorschijn. Langzaam en kalm strekte het ding zich uit tot het topje ervan door het gras zwaaide. Wanneer hij zich verplaatste, slingerde het alsof het van rubber was. Als ik naar die lange zwarte pik keek, vond ik hem niet veel verschillen van wat ik even van mijn vaders pik had gezien, of van oom Joe's. Dan kreeg ik weer een beetje dat bom-gevoel. De heldere stroom uit de kraan veranderde er soms in een massieve zwarte spier door. Ik begon me te schamen vanwege de lelijkheid van dat grote ding en het bom-gevoel. Wat zou ik me schamen, als iemand erachter kwam dat de bom ervan zwol. Of als iemand me betrapte terwijl die lange zwarte spier uit de kraan in me ging. Maar de explosie werd er heviger door. Was iets wat ik niet aan Judy kon uitleggen.

Net als de varkens. Die maakten precies zo'n snuivend geluid als Iggy als ze het deden. Ze waren kolossaal en log en dicht bij de grond. Maar al gingen ze er met hun lage kruis nog zo vaak op los, er floepte maar een kleine, roze worm van een pik in en uit. Die zou de enorme doos van de zeug alleen maar kunnen kietelen. Misschien ging hij er heel ver in. Net als een lange worm.

Wij blokkeerden het ene eind van het kleine straatje tussen ons huis en dat van DeAbro, terwijl Pike, de varkensfokker, zijn beste beer de straat in joeg. Theo, zijn gezicht glimmend en gespannen, friemelend met een klein zweepje in zijn hand, draaide om zijn zeug heen en maakte grommende geluidjes in zijn keel. Ze ging op de modderige goot af. Theo versperde haar de weg. Pikes beer begon achter haar aan te rennen. Een enorm zwart knorrig beest, dat amper van de grond werd gehouden door zijn korte schommelpootjes. Met flapperende oren en een snuit die bij iedere stap met een ruk omhoogging. Naast hem leek de zeug maar klein. Theo's grote witte lievelingsvarken. Haar buik en tepels sleepten langs de grond toen ze zwanger was. Theo, die gebukt stond, wenkte de beer, keek hem recht aan en maakte keelgeluidjes die als 'op' klonken. Als het aan hem lag sprong hij er zó op en deed hij het zelf.

'Neem van me aan dat Theo die zeug naait,' fluisterde Sammy tegen Rachel.

'We hebben em nooit betrapt!'

'Kijk maar hoe-ie zich opwindt. Kijk dan, Lula.'

'Hij wil 't wel,' zei ik. 'Hij praat met ze, weet je.'

Theo liep nog steeds gebukt en draaide om de twee varkens heen die, grommend en snuivend, hun snuiten tegen elkaar duwden. Hij hief zijn zweep en mepte ze licht op hun brede rug om hun drift aan te wakkeren.

'Hij wil 't wat graag. Kijk maar naar z'n gezicht.'

'Theo heb die zeug al genaaid,' zei Judy traag, zonder haar hoofd te bewegen. 'En die zwarte van em. En 'n paar van die kleintjes ook.'

We keken naar haar en zij keek met halfgesloten ogen en haar hoofd achterover naar Theo.

De zeug stampte en draaide nu wat meer rond. Pikes beer hees zich dwars op en over haar rug. Ze verschoof even met hem voor hij van haar afgleed en weer op de grond plofte. Een tik op zijn achterste met de zweep. Een glimp van een klein stukje natte wormpik. Hij probeerde het weer, ditmaal van achteren, en duwde zijn billen naar voren. Theo ging voor de snuit van de zeug staan zodat ze niet vooruit kon, terwijl Pikes beer onhandig zwoegde om er niet af te vallen en erop los neukte. Toen hij er weer afgleed hing er een langer stuk natte worm. Theo spoorde hem weer aan, maar de zeug stormde naar de goot. De beer holde met flapperende oren achter haar aan, door het dolle nu, terwijl Theo uit de weg springt. Stootte met zijn snuit tegen haar kop. Zij stribbelt tegen. Zijn grote bek hangt open, zodat je zijn stompe kiezen kunt zien. Neukte haar hard. Zij begint te gillen. Luid. Het ding móest wel lang zijn. Krijsend, bek open en de goot in. Zijn snuit kletst in het modderige water, pats! Modder spat overal op de straat. Theo roodaangelopen aan de rand van de goot, zwaaiend met zijn armen. En die twee varkens ploeteren rond, terwijl ze met hun koppen tegen elkaar beuken. Twee dikke modderige gedaanten die glimmen en knorren.

'Kom eruit, verdomme!' Theo ranselt met zijn zweep op de delen van de varkens die hij kan raken.

'Iggy haal de lange stok.'

Theo stootte tegen de dikke modderklompen. Porde ze hard tot de zeug uit de goot strompelde en grote klodders verse modder in het rond deed vliegen. Pikes beer ging haar achterna en Theo begon, vloekend en schreeuwend, achter de twee spetterende klompen aan te draven. Halverwege de straat hield de beer de zeug tegen, beet in haar snuit en duwde haar andersom. Hees zich op en neukte haar snel en hard. Zij schreeuwt, oogwit duidelijk zichtbaar. Hijgend haalde Theo ze in, bukte zich en kietelde de ballen van de beer met zijn zweep, zodat hij feller ging neuken.

Judy keek me zijdelings aan. De moddergedaanten liepen gillend en neukend de straat door naar waar Pike stond. Toen de beer ten slotte van de zeug gleed, stapte Pike opzij en liet hem, met zijn schuddende kop, voorbijdraven. Theo ging vliegensvlug met opgeheven armen voor zijn zeug staan.

'Hu! Hu!'

Haar tegenhoudend en 'hu' roepend, tot ze zich snuivend omdraaide en de straat door stoof, opnieuw naar de modderpoel. Ze dook er recht in, puffend en zuchtend, en blies er kuiltjes en bellen in.

Theo kwam langzaam teruglopen naar het hek. Hij keek naar Judy. Ze beantwoordde zijn blik en keek hem recht aan. Met zijn zwarte kraaloogjes nam hij ons allemaal op. Hij smeerde wat modder op zijn voorhoofd toen hij zijn haar naar achteren streek en liep stampend het houten bruggetje over en het hek door. Iggy proestte. Sloeg zich op zijn dij, lachte met ons mee, knipoogde en gooide het hek toen met een klap achter zich dicht.

‘Judy, heb jij gezien dat Theo ’t met die varkens dee?’ Ik moest het wel vragen toen we alleen waren.

‘’k Heb ’t gehoord. Ik kan zulke dinges horen. Ben nie achterlijk, weet je.’

‘Weet ik, maar hoe weet je dat-ie dát aan ’t doen was?’

‘Omdat ’t net zo klinkt as toen me vader ’t nog met me moeder dee. Maar hij doet ’t benejen met die rotvarkens. ’s Avonds laat. Hij denk dat niemand ’t weet. Maar zoals-ie me aankijkt als ik naar em kijk, weet-ie dat ik ’t weet.’

‘Ben je nie bang?’

‘Waarvoor? Als-ie me slaat, verraai ik em. Dat weet-ie. ’t Is ’n viezerik.’

Door wat Judy van Theo wist, werd ze nog weer een beetje harder. Hoe bozer hij haar aankeek, hoe harder ze werd.

Judy snapte niet wat er nou zo bijzonder was aan dat bom-gevoel. Zei dat ze het gemakkelijk met haar hand kon doen. Toen ik het probeerde, was het te warm en stroef en zweterig. Kon niet hangen en trillen zoals met de kraan. Terwijl we het zwellen van onze tepels, geeneens borsten nog, vergeleken en naar sporen van zwarte haartjes op onze kutjes zochten, zag ik dat Judy het eerst groot begon te worden. Terwijl het haar onder haar armen groeide, veranderde de geur van haar zweet. Haar kleine borsten hielden op met groeien en die van ons begonnen. Haar achterste werd dikker, maar ze kon op straat nog steeds met hardlopen winnen. Pompend met die korte dikke dijen en haar lange lijf krommend tot een strakke schokkende komma. Als ze eenmaal over de finish was, verdween de spanning en ging ze over tot een verende looppas, met op en neer gaande benen die los van haar lichaam bewogen. Daarna waggelde ze naar huis, schommelend op haar kleine voetjes.

Toen we onze eerste bh kochten, was Judy al ongesteld. Met alles wat erbij hoorde. Iedere maand. En ze zanikte er niet eens over. Vertelde ons niet veel dat we al niet wisten. Ze ging gewoon naar de winkel en haalde van die gênante, grote blauwe pakken Lilly's voor zichzelf alsof er niks aan de hand was. Maar er was wat veranderd. Door de manier waarop mannen naar haar achterste keken, wisten die het ook. Maar zij trok een nog langere pruillip en wierp hun haar zuurste blik toe. Haar lip begon zo te hangen van het ernstig kijken, dat Rachel haar Hanglip Qwukwani begon te noemen. Die riviervis had net zulke lippen als zij, maar alleen Rachel durfde 'Qwukwani' te roepen als Judy de hele tijd met hardlopen won. Meestal moest ze het op een lopen zetten als ze 'Qwu...' had gezegd en tegen de tijd dat '...kwani' uit haar mond kwam, had ze al een reeks stompen en klappen van Judy te pakken.

't Moesten die haartjes en zo zijn die op haar lichaam groeiden, die haar langzaam in een taai, stug dier veranderden. Anne-Marie en Agnes lieten haar meer werk doen en ze speelde steeds minder met ons. Haar dierlijke loop en haar vinnigheid maakten de ogen van de mannen begerig en haar gezicht norser. En ik wist dat de tijd dichterbij kwam dat ze dingen zou doen waarover ze mij niet zou vertellen.

Een heldere warme zaterdagmorgen verhitte de kleuren en geluiden op de markt tot het kookpunt. Halverwege de ochtend zou het een dikke borrelende pap zijn die langzaam begon te slinken. En tegen de middag zouden er nog maar een paar geschroeide geraamten van kraampjes en verlepte groenten over zijn, en de marktlucht die er nog hing. We hadden ieder twintig dollar. Twee weken keken we al naar de glanzende witte puntige cups van verschillende grootte en de kartonnen prijskaartjes. Dit was iets wat we samen moesten doen.

'Zorg dat-ie niet te klein is,' zei mijn moeder.

Hoe kon ik dat nou weten voor ik thuis was en hem omdeed? Zweterig en steels, waren we dat deel van de markt al zo vaak op en neer geweest dat onze benen dof waren van het stof dat eraan bleef kleven. Maar zoetjesaan kwamen we steeds dichter bij het blauwe zeil dat op het gras was uitgespreid en vol lag met bh's en onderbroekjes. Gelukkig was het de laatste kraam en op veilig terrein, vlak voor het hek van juf Dolly. De Indiase marktkraamhoudster en haar zoon zaten achter in hun bestelwagen uit de zon en hielden hun koopwaar in het oog.

'Ik weet nie waarom ze die jongen onderbroeken laat verkopen.'

Grote broeken lagen voor ons uitgespreid. Gigantische, plat neergelegde nylon ballonnen. Allerlei kleuren maar overwegend lichtblauw en geel. Heupbroeken met hoge taille. Lage bikinislipjes. Tierelantijnige babybroekjes met rozetbilletjes. Allemaal van nylon.

'In deze warmte is nylon niks gedaan,' had mijn moeder volgehouden toen we vroegen of we bikinislipjes mochten hebben in plaats van katoenen heupbroeken. 'Katoen is veel beter.'

Judy en Rachel hadden nylon slipjes. Die plakten aan hun huid en zagen er sexy uit. En ze zagen er ook sexy uit aan de waslijn. Niet zoals die uitgerekte, druipnatte zakken van ons. Maar die bh's, hoe kozen we de goeie? De Indiase jongen had ze vroeg in de morgen uitgespreid. Al die kegeltjes gerangschikt in glanzende sneeuwwitte rijen. Van bergen achteraan tot eierschalen vooraan.

'Kijk, ze hebben 'r zelfs die Sammy zouwen passen; die heb niks.'

'Mams heb 'r geen geld voor 'n bh gegeven.'

Judy pakte er een op uit de tweede rij.

'Wat moet je daarmee?' siste Rachel. 'Zoveel heb je geeneens.'

Judy's lip werd een beetje langer en ze legde hem weer neer. Rachel en ik pakten er twee op uit de voorste rij. De cups waren stijf en er liepen cirkeltjes van stiksel omheen.

'Hoe moeten we nou weten welke past?'

De vrouw kwam op ons toelopen, terwijl ze haar handen afveegde aan de lap die om haar brede heupen gebonden was.

Judy pakte een andere op. 'Je moet em passen.'

'Waar, hier? Ben je nie goed snik?'

'Over je kleren.'

'En voor gek staan bij al die mensen?'

'Weten jullie wat je wil hebben?' vroeg de vrouw en ze veegde haar mond aan haar mouw af.

'We willen weten welke ons passen,' zei Judy.

'Dat kleintje dat je in je hand heb.' Ze tikte de bh even aan. 'Je moet kijken of de bustemaat klopt.'

'Waar? Hier?'

'Hm hmm. Over je bloes. Alleen de buste maar.'

We keerden ons van haar af, met de glanzende bh's in onze handen, en gingen op een kluitje staan alsof we een kamertje konden vormen.

'Waarom gaan jullie niet in de tuin van juf Dolly?' vroeg Sammy. 'Vraag 't aan die mevrouw.'

'Vraag jij 't.'

We draaiden ons om en duwden Sammy naar voren. De vrouw keek naar Sammy's borst.

'Pardon m'vrouw, mogen we ze daar achter dat hek aanpassen?'

De vrouw draaide zich om en keek naar het hek – volkomen doorzichtig harmonicagaas. Ze haalde haar schouders op alsof ze 'mij best' wilde zeggen en begon terug te schommelen naar de bestelwagen, terwijl wij ons naar het hek haastten met de bh's in onze handen.

Drie van ons leunden tegen het hek en vormden een muurtje. Een voor een pasten we die opvallende dingen over onze bloes aan. Tegen de tijd dat we de vrouw hadden betaald en wachtten tot ze elk ervan in een stuk krant had gewikkeld, waren ze al onze persoonlijke schatten die we uitgebreid zouden bewonderen als we ons naar huis hadden gehaast.

Eerst moesten we al het stof van de zaterdagmorgen en het vuil van alle handen die ze hadden aangeraakt eraf wassen. Dan toekijken hoe ze blinkend in het zonnetje aan de lijn droogden, zwaaiend in de wind en zo nieuw. En ten slotte de weg aflopen met een bh om. Vastgesnoerd en stijf als een harnas, met weinig om erin te stoppen. Renpaardjes, die parade hielden. Je voelde geen bloes tegen je tepels wrijven; nu was daar een warme ruimte. Als je naar beneden keek, zag je scherpe punten die je bloes vooruit lieten steken. En daarvóór, je nieuwe figuur in de spiegel. Zag er het beste uit met een wijd wit T-shirt, de mouwen opgerold. Nonchalant. We draafden die hele avond over de weg rond en inspecteerden elkaars borst als we tegen de wind in liepen.

7

Meneer DeAbro sloeg de jongens en mevrouw DeAbro sloeg de meisjes. Hij gebruikte een stuk tuinslang of een riem en zij een rottinkje. Soms kregen de jongens – Iggy, Manny en Bernard – tegelijk een pak slaag. De oudere broers hielpen ze vangen en voorbrengen.

'Het was 'n schande dat ouders hun kinderen zoiets aandeden,' zei mams altijd.

Ik heb er mijn vader nooit over horen praten, maar hij was degene die het voorbeeld van Mahatma Gandhi volgde: geweldloosheid, geen dierenmishandeling, soja en lang los haar. Wij werden voor straf naar onze kamer gestuurd en het hele dorp vond dat bespottelijk, een lachertje. Dan zwaaide en gebaarde ik naar mijn vriendinnen vanachter mijn raam boven. De mensen vroegen zich af waarom twee ontwikkelde mensen als mams en paps zo dom waren als 't erop aankwam een kind een lesje te geven. Ik heb van mijn leven geen harde klap gehad, maar sidderde als ik de scherpe vonken in mijn vaders ogen zag die eruit schoten als hij boos werd.

Het was nog erger om mams boos te maken. Zij gaf je het gevoel dat je haar had teleurgesteld. Dat je geeneens eerlijk tegenover jezelf was en maar een klein beetje medelijden van haar verdiende. Maar ze werd niet zo gauw kwaad. Ze vulde onze dagen met een soort alledaagse kracht die je gewoon blij maakte dat ze er was. Paps was de moeilijke van de twee, dus hem gingen we uit de weg en de karweitjes die hij ons opdroeg probeerden we met plezier te doen. Mams hielp ons de grappige kant van zijn nobele plannen te bekijken. Maar er viel veel meer te zien en te leren als we uit het raam keken, naar de overkant van de straat. In de tuin van andere mensen.

We waren op onze brug aan het hinkelen, toen meneer DeAbro voorbijschoot terwijl hij zijn riem uit zijn broek trok. Rachel bleef doodstil staan, balancerend op één voet, en bukte zich om haar steentje op te rapen. Judy begon achter haar vader aan te hollen, alsof ze werd meegezogen door de lucht die hij verplaatste. Rachel was wit geworden. We begonnen allemaal langzaam het kleine zijstraatje door te lopen, naar het hek van DeAbro, bijna alsof we er niet naar toe wilden. Terwijl we het hek door en de trap op slopen, zwiepte de riem in Ricardo's vuist door de lucht en slingerde zich rond een van de houten palen onder het huis. Hij rukte zich met een schrapend geluid los, kronkelde toen naar de schutting en daarna op een ton. Klapte op de betonnen bodem, terwijl hij de vloekende en tierende Ricardo als een dolle stier achter zich aan trok. We kropen boven aan de trap zo dicht mogelijk bij elkaar, met Rachel in het midden. Ogen wijdopen. Sammy greep me vast en Judy's gezicht verstrakte, ze ging niet huilen. Iggy en Bernard stonden als twee van de huispalen te wachten. Het begon net donker te worden.

'En waarom benne de varkens goddomme niet gevoerd, hé?' grauwde Ricardo, schuimbekkend en van schutting naar paal banjerend.

'Geen water sins vanmorrege!'

Hij liet de riem op de onderste tree knallen. Wij schrokken. Rachel begon te snotteren. Iggy en Bernard keken naar Ricardo die van hot naar her vloog. Ze staarden allebei naar hem, alleen hun ogen bewogen, lichamen schrap gezet. Alsof hij degene was die wat verkeerds had gedaan. Was hij niet mans genoeg om hen te slaan? Waarom stond hij zich zo op te winden? Als een idioot. Zich belachelijk makend.

'Bernard! Hier komme.'

De eerste klap viel op zijn rug toen hij dichterbij kwam. Zijn kleine pezige lichaam tolde rond, armen boven zijn hoofd gevouwen, toen hij een tweede tegen de achterkant van zijn benen kreeg. Rachel verborg haar gezicht nu en Judy's ogen werden glazig. Ik richtte mijn blik omhoog en keek naar mevrouw DeAbro die onvermurwbaar op de waranda zat en naar Theo, zwijgend bij de achtertrap.

'Wanneer... zal... je... 't... goddomme... es... léren?'

De kronkelende band kwam na ieder woord neer. Het werd nu snel donker. Schemerig onder het huis. Bernard kwijlde. Er kwamen kleine kreetjes uit zijn mond terwijl hij, Ricardo en de riem zich om de palen slingerden. 't Hele onderhuis werd gevuld met de varkensstraf.

'Iggy!'

Meer hoefde hij niet te zeggen. Iggy was er al, klaar voor wat komen ging. Ricardo, hijgend en zwetend, wond de riem opnieuw om zijn vuist en ze keken elkaar recht aan. Iggy was even lang als hij en bijna net zo fors.

'Draai je om!'

Iggy keerde hem langzaam zijn brede rug toe. Ricardo richtte zich op, veegde met zijn mouw zijn voorhoofd af en liet de leren band hard op Iggy's rug neerkomen. Iggy kromp ineen, rechtte zijn schouders, draaide zijn hoofd om en keek zijn vader zwijgend aan.

'Jij wil 't... hè? Ik weet... dat jij... 't wéér... zal doen!' Ricardo, die zich tot het uiterste inspande, sloeg harder.

Weer een klap. Weer een. Het uiteinde van de riem trof Iggy in zijn hals, en zijn gezicht schoot met een ruk naar de andere kant. Sammy kneep me zo hard dat mijn schouder er pijn van deed.

'Haal goddomme de slang, Theo,' mompelde Ricardo die een beetje stond te wankelen.

Mevrouw DeAbro vloog overeind en rende naar binnen terwijl ze 'O god, Ricardo!' krijste.

Rachel en Sammy strompelden, volkomen overstuur, achter haar het huis in. En zo bleven Judy en ik helemaal alleen op de trap achter, met een lege tree tussen ons in.

Theo keerde terug met het stuk tuinslang. Ricardo greep het met hernieuwde kracht vast. Iggy draaide zich om en sloeg hem gade, daarna keerde hij zich om en keek me recht aan. Keek me door het halfduister recht aan, terwijl zijn onderlip glansde. Daarna sloeg hij zijn ogen neer en kromde zich. Spande de spieren weer in zijn schouders. Maakte ze breder voor het volle geweld van Ricardo's aanval. De slang kwam suizend neer, met een hol geluid, en galmde toen hij hem trof.

'Jij hoort niks!'

Iggy liet zijn adem ontsnappen. Verplaatste zich en zette zich weer schrap.

'Jij voelt niks!'

Het geluid galmde door de bijna volledige duisternis rechtstreeks naar Judy's harde profiel. Ricardo, die tussendoor stond te grommen en te schuifelen, deed heel lang over de klappen. Na iedere slag bleef Iggy's adem steken en werd dan snuivend uitgeblazen.

'Kom hier!'

Ricardo greep Iggy vast en duwde hem andersom zodat hij met zijn gezicht naar de trap stond. Ik ving zijn blik op toen hij een plank beetpakte, twee treden onder mij. Ricardo liet de slang nu op de achterkant van zijn dijen en zijn kont neerkomen, met langere tussenpozen om te rusten. Bij iedere slag die Iggy kreeg, wiegde hij op zijn tenen naar voren. Met holle rug en opgetrokken schouders, zijn hoofd neerhangend van zijn forse nek, zijn krullen opwippend, als de slang omlaagknalde. Opeens smeet Ricardo de slang op de grond en liep weg. Hij verdween hijgend in de duisternis en liet Iggy, die trilde en zich aan de tree vastklampte, daar voorovergebogen staan. Zijn hele lichaam sidderde in golven, terwijl het zweet op zijn harige onderarmen glinsterde en van zijn kin droop. Ik hield mijn benen stijf bij elkaar. Toen hij zijn hoofd omdraaide en naar me opkeek, zagen zijn ogen alles. Met zijn opgezwollen gezicht en zijn donkere gedaante die nog onwillekeurig beefde, keek hij recht in mijn bonzende hart en samengeknepen dijen. Ik voelde me warm worden van schaamte. Maar voor hij zijn hoofd weer liet hangen, leek hij alles goed in zich op te nemen voor later. Alsof hij me, als hij dat kon, misschien ter plekke zou beetpakken, zijn harde ding tegen me zou aandrukken en het daar laten. En me stevig zou blijven vasthouden.

8

Ik bekeek Iggy's stoere mannen-ik, met zijn springerige haar. Hij ging er moeiteloos mee om. Sommige andere jongens ook. Niet zoals de diepzwarte rasta's die zich in het licht van de straatlantaarns aftekenden. Dat waren lenige katten die door de nacht slopen, hun lichaam soepel, voortwiegend van de ene voet op de andere, onverschillig. Zij hielden hun mannen-ik vanbinnen meer in bedwang, gespannen, klaar om in actie te komen. Ik probeerde na te gaan hoeveel van die onverschilligheid ik kon imiteren, oefende me in hun manier van lopen. Maar het enige wat me echt goed afging, was de pose: benen wijd en een blik van 'wie doet me wat'. Iedere avond bestudeerde ik vanachter het bovenraam hun bewegingen, zoals ze een trekje van het gloeiende sigarettenpeukje namen en dan hun hand met een zwaai lieten zakken, hun kruis vastgrepen en op hun andere been gingen staan. Die houding was het enige wat ik werkelijk kon nabootsen. En ik kon het wanneer ik maar wilde, zelfs met een jurk aan, dan nog voelde ik mijn mannen-ik zo staan. Dat ik geen pikspier had maakte niet uit. Ik had ook niet wat meisjes hadden: kleine voetjes en gladde handen. Mijn schaambeen zag er trouwens uit of er elk moment een spier aan kon groeien. Ik kon net zo hoog in bomen klimmen als jongens. Had eelt op mijn handen van het zwaaien aan takken. Judy had ook een mannen-ik. Kon goed klimmen. Met haar sterke armen kon ze langer hangen en zich ook weer optrekken. Als we djamboe-oorlogje speelden en ze raakte je met een van haar djamboes, dan deed het heel zeer, alsof een van de jongens hem had gegooid. Rachel en Sammy, met hun knipperende meisjesogen, jammerden altijd als ze hen bestookte.

Sommige grote mannen hadden een slordig mannen-ik. Het hing maar zo'n beetje in het vet om hun middel. Wiebelde in hun schuddende dijen en buiken. Uitte zich in een boer of hun bulderende lach of een klap op een kont die voorbijschommelde. Anderen hielden het stijf in hun spieren geborgen, net als Night Helicopter, de bewaker van de Enmore-plantage. Als hij de weg afliep naar zijn werk, snoerde hij een deel van zijn mannen-ik met een grote, brede leren riem over zijn kaki overhemd vast. Dat ding was zo strak aangetrokken, dat het leek of hij geen adem zou halen tot hij op zijn werk was, drie kilometer verder de weg af. Hij stapte deinend van het ene op het andere been, een klein aluminium pannetje met eten in zijn ene en zijn wapenstok in zijn andere hand. En als je dan nog zijn mannen-ik niet kon zien, zo helemaal opgeblazen, dan zag je 't bij niemand. Yan en zijn vrienden daagden mekaar uit zijn bijnaam 'Night Helicopter!' naar hem te roepen om te zien of hij misschien zijn adem zou laten ontsnappen, zijn mannen-ik zou vergeten en kwaad zou worden. Beef was ook zo, als hij naar de coöp stevende om balen meel te lossen. Die kon je ook niet op stang jagen. Hij was kort, een vierkante bonk spieren. Hij banjerde de straat door, met een riem om zijn middel, zelfs als hij geen overhemd aanhad. Een riem om zijn blote buik en zijn dichtgeknoopte broek eronder. Hij zou je misschien omvergooien, als je geen plaats voor hem maakte.

Look-Back had zijn mannen-ik zo verdoezeld dat het verwarrend was. Als hij liep keek hij achterom. Nam een paar trippelpasjes en keek weer achterom. Bewoog zich als een vogeltje wanneer hij praatte, die lange hals van hem ronddraaiend, zijn handen alle kanten op vliegend, ogen heen en weer schietend. Broek opgehaald tot op zijn borst. De rasta's hadden een andere naam voor hem. Zij noemden hem 'anti-man' en hij liep ze altijd haastig voorbij, zijn straat in.

Ik bekeek het mannen-ik van mijn broer. Het leek alsof hij maar net begon te beseffen dat hij er een had. Misschien kon ik het beter zien dan hij. Het wiebelde soms in zijn stem en maakte dat zijn adamsappel begon uit te steken. Zijn handen knepen soms te hard en verbaasden hem; zijn groter wordende voeten stootten voortdurend hun nagels. Zijn buik vroeg om steeds meer eten en zijn mannen-ik was een paard als hij met zijn grote tanden een heel brood naar binnen schrokte, lachend om hoeveel hij kon eten. Paps moest het ook gemerkt hebben. Gaf hem de sleuteltjes om de bestelwagen in de tuin te parkeren. Liet hem wanneer hij maar wilde alleen naar de bioscoop gaan. Wij moesten met een van hén gaan. Ik was er jaloers op dat Yan geen overhemd aan hoefde – mijn borst was net zo plat als die van hem – dus begon ik zonder hemd rond te lopen. Droeg enkel een ouwe corduroybroek van paps, opgehouden met touwtjes in plaats van bretels. Ik begon Yans mannen-ik te haten, maar wilde de hele tijd bij hem in de buurt zijn en mannendingen met hem doen.

Dit was belangrijk werk. De motor van de bestelwagen had een onderhoudsbeurt nodig en daarna moest de buitenkant worden opgeknapt. Yan en de andere jongens zouden het karwei klaren. Mikey, die monteur was, had de leiding. Ik zat te midden van zwarte handen en dieselluchtjes en gaf moersleutels aan. Had het hele assortiment voor me uitgestald. De helft van de tijd tuurde ik in het donker onder de wagen, waar Mikey met een zaklantaarn lag, om te zien of ik kon raden welke moersleutel hij zo dadelijk nodig zou hebben. De carburateur was eruit, helemaal gesloopt. Yan legde uit hoe hij werkte. Nam er de tijd voor om me te leren hoe het allemaal in mekaar paste, terwijl Son en Manny motoronderdelen smeerden. Toen ik later aan paps die belangrijke structuur van de carburateur uitlegde, glimlachte hij alsof hij een beetje van mijn mannen-ik zag. Met de jongens op je hurken zitten en grinniken en klussen, waren de beste ogenblikken van die gewone mannenpleziertjes. En het was zelfs nog beter toen ze de motor er weer in hadden en het schuren begon. Ze gaven mij ook een klein deukje dat ik mocht schuren en vullen. Ik wist dat ik het net zo goed kon als zij en ging er voortdurend met mijn vingertoppen langs. Heerlijk was het om zo met ze bezig te zijn. De geur van de plamuur, het schoonspuiten en nat schuren. Met mijn hand over het gladde oppervlak strijken en weer schuren. Lachen als zij lachten. Niet te veel praten, gewoon blij dat ik naar hun geklets kon luisteren.

Ik genoot van mijn mannen-ik met de jongens. Zoog stukjes van hun mannen-ik in me op en zo leerde ik de taal van het mannen-ik te verstaan. Bij Ramesh bijvoorbeeld, wanneer hij heen en weer liep van die belangrijke autoklus naar zijn werk in de tuin. Zijn mannen-ik was zo vriendelijk en aardig en warm, dat het me pijn deed als paps tegen hem tekeerging. Of als hij naar Yan keek en de schaamte op zijn gezicht te lezen was omdat hij niet zoveel wist. Ik wist dat ik mijn vrouwen-ik bij hem kon uitproberen zonder dat hij me ooit in verlegenheid zou brengen. Hem kon ik vertrouwen. Als hij mijn blik opving kwam er soms een flauwe glimlach op zijn lippen.

Of Son die nog een uitgelaten frisse jongen was. De enige zoon van meneer Baker, de stille hardwerkende huisschilder, en zijn bedachtzame vrouw uit Buxton. Son had brede platte gelaatstrekken, een blozende huid en een mond die zich net zo snel voor mij als voor Yan of Manny tot een glimlach plooide. Zijn mannen-ik was iets wat in zijn huid zat en op een vriendelijke, ongedwongen manier van hem afstraalde.

Manny, de broer van Iggy, negeerde me. Bij hem zat zijn mannen-ik in zijn hoofd. Het groeide naarmate hij ouder werd, daar in zijn hoofd. Zijn hoofd werd er groot van en zijn haar lang. Was erg met zichzelf ingenomen en vond dat hij welbespraakt was. En dus leerde en las hij tot hij bijna blind was.

Mikey, de zoon van buurvrouw Mildred, was lang, donker en

slungelig. Een zwarte lenige kat, maar met een glimlach die zijn witte tanden ontblootte. Hij heeft nooit geweten hoe vaak ik zijn mannen-ik gadesloeg, dat zo lang, soepel en vrolijk was, dat ik er meer van wilde. Steeds bij hem in de buurt wou zijn. Met hem wou wandelen en rondslenteren. Zoals hij boven zijn kleine ronde moeder uittorende, over haar waakte sinds de dood van zijn vader en haar beschermde tegen de rondwarende geesten van het kerkhof aan de andere kant van hun schutting. En er met haar om lachte. Wou dat ik uit de huid van 'Yans kleine zusje' kon kruipen en laat met hem op straat kon zijn wanneer hij gewassen en gekleed voor de avond naar buiten kwam. Dan floot ik naar hem vanuit het bovenraam en hij floot terug voordat hij opkeek. Het maakte hem altijd aan het lachen en dan zwaaide hij naar me.

Die ellendige Buxton Spice lachte en zwaaide ook – dreef de spot met me. Had gezien hoe ik voor de spiegel in de slaapkamer mijn houding oefende. Hield zijn adem in, boog stilletjes lachend achterover en strekte zich dan uit om mijn ogen te zien terwijl ik Mikeys silhouet nakeek dat de weg afliep.

Terwijl ik de taal van het mannen-ik leerde, begon ik Judy's hardheid beter te begrijpen. Van ons vieren was Sammy het tere poppetje, met dunnere benen dan ik, naar boven gekrulde lippen en ogen waarmee ze goed kon knipperen. Ze had een maniertje waardoor ze alles kon krijgen wat ze wilde. Ze wist dat ik het doorhad en later, toen ze haar vrouwen-ik begon te ontwikkelen, wapperde ze met haar lange rechte vrouwenvingers – waarvan de nagels al groeiden – vlak voor mijn neus, enkel om me te ergeren. Ze wilde altijd overal bij zijn, zelfs als Judy en ik zo wild mogelijk speelden om te zorgen dat ze niet meedeed. Saskia was maar twee jaar jonger dan zij, maar ze konden nooit lang met z'n tweeën in dezelfde kamer gelaten worden. In een mum van tijd was Saskia haar aan het slaan of ze pikte haar boeken of zoiets. Saskia moest die 'ik krijg toch wat ik wil'-trek om haar mond of -blik in haar ogen hebben gezien. Soms had ik medelijden met Sammy. Voelde me schuldig omdat we haar gebruikten om naar de bioscoop te mogen en haar dan behandelden alsof ze eigenlijk te jong was om mee te gaan. Maar mijn medelijden duurde nooit lang. Aan tafel vertelde ze iedereen altijd alle nieuwtjes, juffrouw radio-omroep van Guyana: wie er vandaag begraven was, wie bij de begrafenis was, waar het graf op het kerkhof is, hoe het dode gezicht eruitzag. Dingen die we allemaal samen zagen, verklapte zij zonder het te beseffen. Bracht ons ook in moeilijkheden. Als dat nou het belangrijkste van het vrouwen-ik was, dan hield ik mijn mannen-ik wel tot ik oud was.

9

Terwijl we achter in de gele bestelwagen onder het huis zaten, voelden we dingen veranderen in onszelf. We kregen nieuwe delen die met seks te maken hadden, warme golfjes stroomden door je lichaam. In mij groeide een nieuw koppig mannen-ik. Judy, met haar aangeboren mannenkracht die haar lip meer deed hangen, werd zwijgzamer. Sammy knipperde meer met haar ogen zonder te weten waarom. En Rachel, die vanonder haar haar te voorschijn kwam, begon zich te gedragen alsof zij voorgetrokken moest worden door haar vader, broers, moeder, jongens en vrienden, omdat zij er het meest uitzag zoals mensen van Ver Weg eruitzagen.

Het was halverwege de middag en nog erg warm. Boila van de kroeg was een van zijn vroege Marley-platen aan het draaien. We kenden alle teksten van de tien platen die Boila had. Soms waren er Saturdaynight Fêtes in de kroeg, maar het komend weekend niet. Oom Joe schuifelde aan de overkant van de straat voorbij. Hij liet zijn hoofd hangen en hield met een hand zijn broek op. Zijn grote voeten brachten het stof in beweging tussen het asfalt en de grasberm.

'Oom Joe!' riep Judy, gewoon omdat ze niks anders te doen had.

Hij wuifde verlegen en schuifelde een beetje vlugger. Een zwerfhond drentelde voorbij en liep zijn neus achterna, van de weg af naar de goot.

'Rijstvreter,' mompelde Judy.

Sammy's hielen bonkten tegen de klep van de bak van de bestelwagen. Ze groeide vlug – haar bamboebenen schoten omhoog. Rachel en zij gingen hetzelfde gekleed, een korte broek vandaag. Mevrouw DeAbro zei steeds tegen Rachel dat ze uit de zon moest blijven. Misschien zou ze wasbleek worden, net als haar oudere zusje Theresa en haar twee kinderen.

Het was een teleurstelling voor mevrouw DeAbro dat Theresa met een monteur was getrouwd, en ook nog een Rodriguez, uit de andere Portugese familie in Tamarind Grove. Hij repareerde auto's pal onder hun huis. Theresa en John kenden mekaar al vanaf hun jeugd, waren misschien zelfs wel nicht en neef.

''t Is tenminste 'n Putagee,' troostte Emelda zichzelf.

De familie Rodriguez had meer geld dan de DeAbro's. Ze woonden aan de Hoofdweg in een groter huis, hadden meer kinderen en kleinkinderen overzee. Maar meneer Rodriguez was ver heen met de rum. 'Een alcoholist,' zei mams. Hij zong graag: '*I can see clearly now the rain ish gone...*' terwijl hij met een fles de weg afwankelde, '... *I can shee all obstacles in my waay...*' Meneer Rodriguez was de beste vriend van Ricardo DeAbro. Mevrouw Rodriguez bleef meestal binnen, druk in de weer met 'Elizabeff', haar achterlijke dochter met het spraakgebrek. Anders dan Emelda, stak zij niet onder stoelen of banken dat ze in Canada wilde wonen. Ze gaf niets om Guyana of Tamarind Grove. Ze was al bijna weg. Nou ja, Theresa en John trokken in het keurige huisje naast zijn ouders. Theresa leefde nu net als haar schoonfamilie en bracht haar twee 'blanke' (niet-Putagee-) kinderen groot zonder ze ooit in de zon te laten. Verzorgde ze tijdens hun eeuwige verkoudheden. Stopte ze vol tot hun buiken uitpuilden, omdat ze wilde dat ze dikker zouden worden.

Rachel leek de kant van Theresa op te gaan. Als ze niet bij ons was, begon ze met haar blik recht vooruit rond te lopen, zonder te glimlachen. Ze bracht zelfs meer tijd met Theresa door en zorgde voor haar lelijke kinderen. Ik denk dat haar zussen wilden dat ze net zo werd als zij en deel zou gaan uitmaken van hun wereld van witte mokbenen, gepermanent haar, pukkels en Portugese vriendjes. Daar had ze meer kans op dan Judy. Ze droeg haar haar nu in twee lange vlechten, net als ik, maar het was lichtbruin, blónd bijna. Als haar oudere zusjes het losmaakten, waren ze er vreselijk trots op, omdat het zo steil was en zo zacht als zijde. Ik bewonderde het ook. Vooral als ze rende of rondhuppelde. Het glansde in de namiddagzon en we voelden ons er allemaal mooier door, wanneer we in onze nette jurken speelden, klaar voor een of ander familiefeestje of -uitje. Ik maakte mijn haar ook los en als we huppelden, wipten mijn zwarte krullen omhoog. En met ons schone haar dat danste en wapperde, en geurend naar shampoo en My Fair Lady-poeder, bevonden we ons met elkaar in een sprookjesland – een van die boeken of films met alleen maar zacht licht en heerlijke geuren en snoezige kinderen, op blote voeten, die tussen de bomen speelden. Dan straalden we, blozend en warm.

Anne-Marie was half trots, half jaloers op alle aandacht die Rachels haar kreeg als het loshing. Ze trok en rukte eraan en vlocht het zo strak dat Rachel op een Chinees leek. Judy had haar eigen haar lang geleden afgeknipt, om af te zijn van de kwelling van het kammen en de klappen als ze niet stil wou zitten. Ze wilde liever het ene pak slaag dat ze kreeg toen ze het had afgeknipt en daarna met rust gelaten worden en voor lelijk worden uitgemaakt. Doordat Judy stug en gesloten was, vitten haar oudere zusjes nog meer op haar. Als ze zagen dat ze maar even naar die gitzwarte Mikey lonkte, of dat ze door het zijstraatje voor hem uit liep, wetend dat hij naar haar korte broek keek en dan tegen hem glimlachte, bedachten ze een manier om haar meer werk te geven. Lieten haar een of ander akelig karweitje doen, zoals het schoonmaken van de goot in de voortuin die vol ringwormen zat. Ik weet dat Judy van zwarte mannen houdt. Ik heb zelfs gehoord dat Emelda er tegen haar over tekeerging. Maar mij vertelt ze niks meer.

Ik keek naar haar, terwijl ze een losse paal in de schutting liet wiebelen. Ze baalde, had meer dan wij genoeg van de warme saaie middag. Ze ontdekte een hagedis op de dwarsbalk die langs de schutting liep en begon een lange grashalm te zoeken waarmee ze hem zou kunnen vangen. Dus Judy hield van blakaman, hè? Maar Emelda zou haar nooit met een zwarte man laten trouwen. Judy had haar eigen soort mannen-ik – misschien wilde ze alleen maar net zo zíjn als Mikey. Hij behandelde haar meestal als een jongen. Of wilde ze hem versieren? Mijn Mikey? Wat zou ze doen – Emelda te schande maken? Judy vond mijn broer Yan ook aardig. Dat wist ik. Dat kon ze niet verbergen met al die jongensachtige capriolen van haar. Ze hing nu altijd in haar eentje bij de jongens rond.

Sammy schopte nog steeds met haar hielen tegen de achterkant van de bestelwagen. Judy maakte een lasso van de lange grashalm en sloop naar de roerloze hagedis. Kwam zo dichtbij dat ze de graslus vijf centimeter voor de kop van de hagedis kon houden en bleef toen doodstil staan. Hij bewoog ook niet. Rachel raakte Sammy's been aan en ze hield op met schoppen. Door een snelle ruk van Judy's linkerhand schoot de hagedis in de val en met een en dezelfde beweging zwaaide ze hem omhoog en hing de hagedis als een gek te spartelen, met de graslus strak om zijn middel. Wij waren van de bestelwagen af voor ze zich kon omdraaien en hielden de wagen tussen ons in voor het geval ze hem naar ons toe zou gooien.

'Wat heb jullie?' kon ze alleen half lachend uitbrengen. 'Kom, kom, kom. Ik doe niks nie. Heus.'

Ze zag er te verveeld uit om te liegen, maar met Judy wist je het nooit. Vooral de laatste tijd. Dat hadden we allemaal door bittere ervaring geleerd. We slopen voorzichtig naar onze zitplaatsen terug, terwijl we haar in het oog hielden. Ze trok de hagedis met sprongetjes over de grond en liet hem als een marionet op het beton dansen.

'La' we vanavond naar d' bios gaan, no?'

'Door de week?'

'*Yeah*. Wa' draait 'r?'

'Twee Chinese,' liet ik weten.

Als we naar de bios gingen zou het weekend sneller komen.

'Nou, laten we gaan dan,' zei Judy, alsof we gewoon overal waar we wilden naar toe konden gaan.

Ze vond het leuk om zo te praten, alsof ze een grote man was. Ze liet de hagedis nog wat meer springen.

'Ik zal 't vragen,' bood Sammy aan. 'Yan en Manny zouwen deze week toch 'n keer gaan.'

''t Mag vast nie van mama,' jammerde Rachel.

Judy keek haar vol walging aan. 'Misschien kan *jij* 't vragen. Of laat Manny 't vragen.'

'En waar halen we 't geld vandaan?'

'Vraag 't aan je vader,' antwoordde Judy. Dit alles had niks met haar te maken.

Ze had nu een andere hagedis op de schutting ontdekt en zwaaide die van haar op de dwarsbalk zodat hij ertegenover kwam te zitten. Haar hagedis hijgde, zijn groenachtig bruine buik ging met kleine pufjes op en neer. We lieten ons van de bestelwagen glijden en kropen langs de grond dichter naar het strijdperk. Judy zat half op haar hurken, met haar arm uitgestrekt. De nieuwe hagedis was ouder, bruiner en groter dan Judy's hagedis. Begon zijn strot op te blazen en duwde zijn kop met kleine rukjes steeds verder omhoog. Judy's hagedis hijgde nu minder. Judy had nog steeds de grasriem vast. De nieuwe hagedis zette het laatste stukje van zijn strottenvel uit en hield met zijn lange gespreide tenen het grijze hout vast. Zijn staart verstijfde, de punt ervan omhooggekruld. Judy's hagedis draaide zijn versufte kop een beetje om en keek ons aan, op zoek naar hulp.

'Laat 't gras los,' fluisterde ik.

Judy draaide alleen maar haar hoofd langzaam om en keek naar ons, daar op onze hurken gezeten – een stel kikkers in het theater. Op dat moment schoot de nieuwe hagedis naar voren en hapte in de snuit van Judy's hagedis. Het ging zo vlug, dat je enkel een flits van een bleke open bek zag en toen, met een klets, lagen er twee staarten op de grond te spartelen. Judy deed met ons mee en hupte ook op haar hurken rond. Nu haar vangst haar was ontfutseld, wilde ze dat haar hagedis zou verliezen.

Op 't laatste moment die middag kregen we toestemming van paps en mevrouw DeAbro om naar de bios te gaan. We wurmden ons met moeite in nieuwe bh's en schone spijkerbroeken, ons hart bonzend van opwinding omdat we 's avonds officieel uit zouden gaan. Net als al die jongens, met hun soepele, zwierige gang, sommigen opgedoft en fris ruikend. Met tamarindeballetjes, *pennacools* en klapkauwgom in onze hand geklemd, kwamen we de bioscoop binnen en liepen achter elkaar naar onze kant van de halflege zaal, weg van Yan en Manny. We keken rond om te zien wie met wie was gekomen en wat ze aanhadden. Het volkslied begon en we gingen staan, blik recht naar voren, en speurden naar slachtoffers vóór en beneden ons in het parterre. Toen de lichten uitgingen, tastten de mensen nog steeds rond naar hun zitplaatsen. Het parterre zat bijna helemaal vol. Rijen schouders schoven heen en weer en zaten ten slotte stil op de lange banken.

'Zie je die daar?'

'Wie?'

'Die rastajongen met dat pluizige haar, de jongste.'

Hij was een van de schoonste rasta's, die sinds kort zijn dreadlocks liet groeien en nog bij zijn moeder woonde, niet bij die anderen in Backdam. Had fonkelende ogen en kuiltjes in zijn wangen en liep glimlachend rond alsof hij zijn eigen mannengeheimpje had.

'Hij en z'n vrienden.'

'Z'n vrienden zijn nie aardig, weet je. Dat benne de jongens die tante Babes tassie en poen hebben gepikt.'

'Ja en dan zeggen ze tegen d'r dat Jah wel voor d'r zal zorgen.'

'Hm hmm.'

We schreeuwden boven het harde lawaai van gierende auto's van de 'komende attractie' uit. Met onze voeten omhoog en onderuitgezakt in de harde stoelen, zogen we aan de smeltende pennacools en lieten kleine beetjes van de peperige tamarindeballetjes in onze mond oplossen, terwijl we de pitjes ervan in onze kleverige handen bewaarden. De volgende 'komende attractie' was een cowboyfilm. De hoofdrolspeler die met jengelende muziek het doek op kwam rijden en daarna het knokken en schieten, maakten het een must voor iedereen. Het elkaar aanstoten en instemmend gejoel in het parterre verstomde pas toen er bibberende Chinese namen op het doek begonnen te verschijnen en er op oorverdovende toon krasserige muziek uit de luidsprekers schetterde. De mannen met hun gladde gezichten en de pruilende, voortglijdende vrouwen leken niks te maken te hebben met het rauwe nasale Engels van de sound-track. Geschrokken gezichten en rode lippen bewogen tien keer voordat je 'O!' hoorde. Het duurde niet lang of het ging de kant op van de verrassingsaanval in het bamboeveldje. Schouders kromden zich en lichamen verschoven in het parterre. Rugleuningen herademden terwijl de mensen in de zaal naar voren leunden. En toen begon het gekrijs van de – tjak en rats! – aanval. Fluitende salto's en trappen zoefden over ons hoofd en weerkaatsten in het donker. Echoden. Nog meer slagen vielen op het hoofd van de minnaar met de uitpuilende ogen en mepten het heen en weer. De muziek die het krijsen en slaan begeleidde werd luider, veranderde van ritme en de Meester van Shaolin verscheen. Het jouwen en loeien in de bioscoop werd één schreeuw van herkenning en een parterre vol verhitte gemoederen hielp hem brullend zijn eerste trap uitdelen.

'Hé! Hé!' riepen wij om de eerste klappen van de Meester aan te wakkeren. 'Ga staan! Ga zitten! Sla d'r op!'

De bandiet lag nu op de grond te spartelen en probeerde zich snel uit de voeten te maken.

'Pak em!' werd er geroepen.

'Hai!' Een trap die hem vloerde.

De bandiet krabbelde weer overeind. Elk silhouet in het parterre hielp mee om hem tegen te houden. Sommige rechtop, sommige gebogen.

'Hé... hé!'

Vuisten kletsten tegen palmen, handen sloegen op knieën, voeten stampten – tot hij na de laatste klap stuiptrekkend bloed lag te spugen in het stof. De doodbedaarde Meester wikkelde, met één snelle beweging, zijn vlecht om zijn hals en trok zich weer terug in het bamboe.

Nog twee confrontaties met de Meester van Shaolin en de atmosfeer werd warm en vochtig. Een sterke doordringende zweetlucht en sigarettenrook wolkte op uit het parterre. Gloeiende rode peukjes gingen schokkerig in het rond. Natte voorhoofden en tanden blonken. We tuurden en strekten onze hals uit op zoek naar Pluizige Ras.

'Kijk, daar is-ie.'

Hij zat vlak onder ons. Judy haalde haar elastiekje te voorschijn, draaide het om haar vingers en schoot een tamarindepitje recht naar hem toe. We leunden achterover, ons gezicht uitdrukkingsloos, en staarden met grote ogen naar het fluorescerende doek. We voelden het op onze wangen schijnen terwijl hij zich omdraaide en omhoog de zaal in keek. Op het doek keek Pruilmondje zijdelings naar de Meester, haar hoofd voorovergebogen in haar kimono.

'Pssst! Pssst!' Een van de jongens bij de deur zag het eerst haar schouder uit haar kimono komen.

Ze draaide zich om en hij gleed van haar rug, daarna verdween ze achter de rode gordijnen rond het bed van de Meester.

'Aaaj.' Iemand zoog lang aan zijn tanden.

'Tjonge jonge! Pssst!' naar de bewegende schaduwen achter het gordijn.

We schoten een stuk of vijf priemende, goed gemikte tamarindepitjes weg, maar het gevloek begon pas toen de Meester en

Pruilmondje klaar waren met hun geflikflooi. Terwijl de jongens zaten te duwen en schuiven en elkaar beschuldigden, staarden wij fronsend naar het doek zonder wat te zien. We stootten mekaar aan en wezen naar het doek alsof we een of ander belangrijk detail opmerkten. Grijnzend en in elkaars been knijpend, en onze knieën tegen elkaar bonkend om onze grap niet te verraden. Het grote eindgevecht nam de aandacht van de knullen in beslag en na een schallend crescendo van gejoel, geklap en gekrijs ging het pauzelicht aan. We zaten daar, versuft als Judy's hagedis, met onze ogen te knipperen in de warme, bedompte en plotseling reusachtige bioscoopzaal.

We volgden de meute de trap af, naar de kant van de weg waar straatverkopers ijskoude drankjes en *channa* verkochten. De mensen dronken en bespraken de plot van de film. Rondom de zijuitgang van het parterre stonden mannen met een sigaret in hun mond tegen de muur te piesen. We trokken de aandacht van Pluizige Ras, die glimlachend zijn hoofd naar achteren boog en begreep dat wij het waren geweest. Ansa's vrouw en twee dochters tuurden van het tweede balkon naar beneden en sloegen de menigte gade. Ansa was de eigenaar van de bioscoop, een Indiër die ergens uit de buurt van de stad kwam en anders was: geen plattelandskoelie met kokosolie in zijn haar. De enige in dat gezin die ervoor probeerde te zorgen dat alles werkte. Hij holde van hot naar her, rende de trappen van het houten gebouw met twee verdiepingen op en af en probeerde de man van de projector zover te krijgen dat hij de projector repareerde. Probeerde het apparaat zelf te bedienen toen de man ontslag nam. Probeerde de film zelf te monteren. Probeerde zijn zoon die liever in de stad woonde zover te krijgen dat hij in de projectiekamer bleef. Voortdurend zijn voorhoofd afdrogend en zijn sliertige haar naar achteren strijkend. Hij kreeg ter plekke grijze haren van die bioscoop.

Het balkon was nooit geopend. Niemand had geld om er te zitten, dus alleen Ansa en zijn gezin keken van daarboven neer. Hij kon het nooit helemaal voor mekaar krijgen. Nooit goed krijgen.

En zodra de film even schokte waar hij gemonteerd was, vlogen de scheldwoorden en vloeken naar het balkon. Als de film in de projector vastliep en langzaam op het doek verbrandde, bulderde de hele bioscoop ‘Ansa! Verrekte koelie!’. Gefluit, gejouw, handen die op banken sloegen en stampende voeten. Tot het licht aanging of de film weer begon. Toen iemand op een keer een stinkbom midden in het parterre gooide en iedereen naar buiten stormde, kwam Ansa zelf met emmers vol zeepsop. Terwijl hij aan het schrobben was, onderging hij de gêne van het balkon, het gejoel en de walging uit de deuropeningen van het parterre en het medelijden van de rest van de zaal.

Ansa had zo veel geld uitgegeven aan het opknappen van de bioscoop, dat hij wel móest zorgen dat alles werkte.

‘Denk je dat die nikkers ’t waarderen?’ zei buurvrouw Mildred tegen mams.

Ze verkocht custardijsjes voor de bioscoop van Ansa.

‘As je ziet hoe gauw die jonges klaarstaan om de boel te vernielen! En ’t is voor hun, weet je. Dezelfde nikkers die voor elke malle film komme aandraven.’

Toen de tweede film begon, vloog er van achter uit het parterre een rood sigarettenpeukje door het duister naar voren.

‘Wel godverdomme!’

Er brak een gevecht uit. Gedaanten in het midden van het parterre vlogen opeens in het rond zoals op het doek. Ze gingen mekaar te lijf en gooiden banken om. Het licht ging aan en de film stopte. Andere mensen kwamen tussenbeide en haalden de kungfu-vechters uit elkaar terwijl Ansa binnen kwam rennen, dapper met zijn lange armen zwaaiend.

Een kolossale vrouw greep Ansa bij zijn middel. ‘Kalm, kalm, kalm. ’t Is al voorbij.’

Ze dreef hem weer naar buiten. De toeschouwers kwamen, de een na de ander, weer binnen, het licht floepte uit en de film ging verder.

Afgezien van een paar scheten die wat deining in het parterre veroorzaakten, werd de film daarna langzaam wazig terwijl we op elkaars schoot en schouder in slaap begonnen te vallen. Met lodderige ogen de trap af en een koele winderige slaapwandeling naar huis.

Mevrouw DeAbro keek naar Mikey die in zijn uniform voorbijkwam. Ze zei geen woord. Geen van háár jongens ging ergens bij.

'En wi' je geloven dat sommige mensen hun dochters 'r ook heen sturen? Netnette meisjes die afgerost worden as jonges, mams.'

Mikey was bij de Volksmilitie gegaan. Kreeg een bruin uniform met een zwarte canvas riem en zwarte legerschoenen en leerde met een geweer omgaan. Buurvrouw Mildred was heel trots op hem, gedroeg zich alsof hij vertrokken was om aan een oorlog deel te nemen, een held te worden. Maar de basis was vlak bij de stad. En als hij daar met zijn training klaar was, zou hij weer thuiskomen en zich alleen melden voor herhalingsoefeningen. Ik weet niet waar ze voor oefenden. Hij en nog een paar jongens waren erbij gegaan. Enkele grote mannen waren al bij het leger of de politie. Een stuk of wat tieners van de Tamarind Grove Middelbare School gingen in militaire dienst en kregen lichtgroene baretten en uniformen en donkergroene laarzen. Voor jongens en meisjes hetzelfde. Vanaf het moment dat ze na school dat tenue aantrokken en de weg afkwamen om op het plein van de lagere school te oefenen, gedroegen ze zich als andere mensen. Alsof ze ons niet meer kenden. Alsof ze niet naar hun ouders hoefden te luisteren. Alsof ze niet meer in die huizen in die zijstraten woonden. Nu leerden ze met een geweer omgaan. Eerst moesten ze marcheren. Wij keken door de afrastering toe terwijl zij urenlang in het stof exerceerden.

De mensen begonnen zich meer tegen mekaar te keren. De jongens die niet bij die organisaties van het PNC gingen, begonnen meer naar Bob Marley te luisteren. Sommigen werden rasta's, maar dan kregen ze 't aan de stok met hun moeder. En al die uniformen schenen tot niet veel goeds te leiden; iedereen met een uniform aan was een aanhanger van Burnham – ze konden met geweren rondlopen en hun eigen buren terroriseren.

'Waarom mogen we na 't eten nie buiten spelen?'

'Kijk es naar buiten. Zie je kleine kinderen rondhollen? Zie je meisjes lopen? Jullie blijven maar binnen.'

'Ik snap nog steeds nie waarom we nie gewoon 'n poosje naar buiten mogen.'

'Kijk!' Sammy wees. 'Daar is 'n stel jongens op autopeds.'

Ze stepten in een flits voorbij, met z'n vieren, ineengedoken, snel op en neer wippend, hun linkervoet trappend op het asfalt.

'Ach, toe nou!'

'Goed dan! Goed dan! Eén uurtje.'

Sammy en ik stoven naar de DeAbro's, met onze nieuwe rolschaatsen bonkend op onze rug.

'Judy! Rachel! We hebben 'n uur.'

Mevrouw DeAbro kwam ook te voorschijn. 'Jullie mogen naar buiten van je ouders?'

'Ja, ja, schiet op!'

We wisten dat mevrouw DeAbro het oordeel van paps en mams in dit soort kwesties vertrouwde. Maar anders dan zij, zou ze op de waranda zitten en naar ons kijken, telkens als we haar deel van de weg passeerden. Ze zou in het donker zitten mopperen en zuchten tot Rachel en Judy weer thuis waren.

We gingen op de boomstam tegenover een stel jongens zitten die rondhingen aan de overkant van de weg, en maakten de veters vast van onze geliefkoosde rolschaatsen – de enige in het dorp. Step...tep...tep... de jongens op de autoped raasden ons voorbij op hun ijzeren wieltjes. Het leek makkelijk maar alleen die jongens konden zo rijden. Twee plankjes maar, die door een ijzeren pin in een L-vorm bij elkaar werden gehouden en op kogellagers van ouwe auto's liepen. We keken hoe ze met een halsbrekende snelheid voorbijschoten – schouders gekromd, hemden wapperend en één voet op de weg stampend. Ze doken ineen, met beide voeten erop, en lieten de autoped omhoogwippen, terwijl het hele ding snorde. Of ze reden met een voet slap naast het plankje, kwamen knarsend tot stilstand en draaiden op hun achterwiel rond in het grind langs de weg. De valpartijen en blauwe plekken die die jongens konden verdragen als er een steentje tussen hun voorwiel kwam! En gewoon weer opstaan en verdergaan. Ze probeerden ons altijd te laten vallen, stepten tot ze vlak achter ons reden en zwenkten dan pas opzij. Toen we onze rolschaatsen pas hadden, wankelden we erop rond terwijl de autopedjongens ons uitjouwden en zeurden of ze ook een keertje mochten. Maar we oefenden onder het huis tot we konden stoppen en omkeren en zelfs een kleine draai konden maken.

We liepen wiebelend de weg op en begonnen. Mijn benen voelden als lucifers met zware gewichten eraan. We zagen er belachelijk uit, maar het waren rolschaatsen en wij hadden ze het eerst. Het geluid van hard plastic op het ruwe asfalt zorgde ervoor dat we ongehinderd door de koele avondlucht konden glijden. De weg op en neer. Langs de toekijkende jongens. Langs de reikhalzende mevrouw DeAbro. Naar het huis van juffrouw Isaac, dan keren. En weer terug langs iedereen. Met de wind in je gezicht, fladderende kleren, langzaam heen en weer wiegend van de ene op de andere zware voet – lange glijdende sprinkhanen. We reden naar de lege slagerskraam en keerden. Toen we zowat voor de derde keer bij de kraam kwamen, merkten we dat er iets aan de hand was bij de Hoofdweg. Maar we mochten 's avonds niet naar de Hoofdweg. We gleden terug langs de jongens. Ze waren nu op hun hoede en stonden allemaal. Ze keken niet naar ons. Keren bij juffrouw Isaac en terug.

Clinton kwam vlug aanlopen van de Hoofdweg. Haastte zich met zijn zonnebril op langs de kant van de weg en liep de jongens met een boogje voorbij.

'Clinty, tis er aan de hand?' riep een van hen.

'E-heh,' bromde hij.

'Wa' gebeurt 'r bij de Hoofdweg?'

Maar hij was al in de donkere straat verdwenen. We schaatsten naar de lege kraam en keerden langzaam om, terwijl we onze hals uitstrekten en oren spitsten om erachter te komen wat er aan de hand was. Weer terug. We stopten voor de winkel van DeAbro. Plotseling was de hele weg verlicht en kwamen er koplampen ronkend onze kant uit.

'Hollen!'

We strompelden de weg af naar het gras en klosten in de richting van ons hek.

'Nou benne we d'r geweest!'

De jongens verspreidden zich. De jeep kwam met een ruk tot stilstand, de achterdeuren vlogen open en er rolden ongeveer vijf politiemannen met pistool en wapenstok uit. Mevrouw DeAbro gilde. De jongens waren snel. Ze waren uit het zicht verdwenen voordat we ons hek door konden krabbelen en ons aan de bestelwagen vastgrijpen die onder het huis geparkeerd stond. De politiemannen snuffelden rond waar de jongens waren geweest, als honden die hun prooi kwijt waren. Kropen toen weer in de jeep. Voorin zat de jonge agent Adams tussen de chauffeur en een andere agent ingeklemd. Terwijl de jeep naar voren schoot en toen hortend achteruitreed, bleef hij recht vóór zich kijken, zonder naar iemand te speuren. De geheimen van de donkere weg begonnen nu aan het licht te komen.

'Aaj, mijn gód! Wat hebben die jonges gedaan?' jeremieerde mevrouw DeAbro de volgende morgen tegen mams. 'Zie je nou hoe 't toegaat, Rose, sins de vrouw van de dominee verkracht en vermoord is? Je moet in huis blijven. Je kan geeneens naar buiten. Wacht maar tot ik die Adams zie! Al heb je niks nie gedaan, je wor gewoon door de politie opgesloten! Ze willen geld, dat is 't. Morgen is 't zittingsdag. Dat zegt mevrouw Sampson – d'r zoon is gisteravond bij de Hoofdweg opgepakt. En as je ze nie betaalt, moet je vóórkomen. Dan wor je beschuldigd van róndhangen! Heb je ooit zoiets gehoord? O goeie genade! En weet je wat, mams? Ze schieten nog iemand dood. Straks schieten ze nog iemands zoon dood.'

‘Weet je dat de kleinkinderen van juffrouw Isaac naar New York gaan?’

‘Wie? Floydy en Toady?’

‘Hm hmm. Die kniesoor van ’n Floydy. En Toady.’

‘Heb Toady echt koeienpoep gegeten voor geld?’

‘Tuurlijk, vaak genoeg. Dat heb Bernard me verteld. Oom Bonnie la’ze overkomen. Ke’ je die nog?’

‘Ja. Met die flaphoed. Hij was ’t die me vader paps en mama mams begon te noemen – probeerde net as wij te praten.’

Judy glimlachte toen ze aan oom Bonnie dacht. We liepen langzaam tegen de wind in langs de warme zeedijk.

‘Stel je voor, hij werkt in New York! Hij kon geeneens met de Rotovator omgaan, dat ding sleurde hem de hele tuin door en maalde alle maïs van paps stuk.’

Sammy en Rachel klommen op en over de zeedijk, naar de kant van de zee. Het was vloed. Bruin water kabbelde zachtjes tegen de betonnen helling. Ze snuffelden een beetje rond, klauterden toen weer naar boven en gingen naast ons op de dijk zitten.

‘Denk je dat juffrouw Isaac zou gaan?’ vroeg Rachel.

‘En d’r huis en koeien en zo achterlaten?’

‘’k Weet nie. Hoe moet ze dan voor ze zorgen?’

Niemand van ons zei wat.

'Felix heb gezegd dat-ie me laat overkomen,' kondigde Rachel aan.

Judy keek haar vol walging aan. 'Dáárom bleef je altijd zo aan em plakken.'

'Zou je ons in de steek laten?' vroeg Sammy.

'Nou, al jouw zussen zijn weggegaan,' zei Rachel.

'Die kwámen al van Ver Weg, suffie,' antwoordde Judy. 'Felix laat je trouwens niet overkomen. Hij heb daar nou drie kinderen.'

We zwegen een poosje. Sammy draaide zich om, ging op haar buik liggen en liet haar arm naast onze benen langs de zeedijk bungelen.

'Als we naar de middelbare school gaan, blijven we toch mekaars vrienden, hè?' zei ik tegen Rachel.

'Hm hmm.'

'We hebben nog 'n heleboel jaren samen, hè?' riep Sammy uit.

'Je klinkt al als 'n oud wijf,' bromde Judy.

'Weet je nog waar je 't over had? We zouwen 'n baan in de stad kunnen zoeken en in 'n appartement wonen, als echte stadsmeiden.'

'Yeah, dan konden we al die gave dingen doen.'

'En 'n vriendje hebben en zo.'

'Wat voor vriendje wil jij?' vroeg Sammy aan Rachel.

'Ooo... 'n lieve jongen. Hij moet blond krullend haar hebben en blauwe ogen... en rooie lippen.'

'Aaj! Wat denk je da' je ben? 'n Blank meisje?'

'Wil je soms 'n filmster? Dan moet je naar de bios, daar zijn 'r zat! Kijk maar op al die posters en zo.'

'Wat voor een wil jij, Sammy?'

'Eentje als Raphael maar dan jonger. Hij vin me aardig, weet je.'

Raphael was de knappe rijke stadsjongen die vegetariër was geworden en nu dreadlocks liet groeien. Hij was een vriend van de familie en kwam soms bij ons logeren om een tijdje uit de stad te zijn. Als hij kwam, keek iedereen in het dorp naar hem met een vreemde schittering in hun ogen. Gedachten over 'vuile rasta's' verdwenen. Zelfs mevrouw DeAbro mocht hem. Hij torende boven iedereen uit, met zijn goudbruine huid, gladde voorhoofd en volmaakte gebit. Een lichaam en een profiel zoals je in een van die kunstboeken ziet, met witte beelden erin.

'Hé!'

'Hmm,' zei Sammy dromerig.

Ik wist dat Sammy's vrouwen-ik meer macht had dan ik ooit zou kunnen krijgen. Het was iets wat ik niet moest proberen te imiteren of te evenaren. Ze kon er niks aan doen. Zodra Raphael in de buurt was, of Abessijn, de rasta met de groene ogen, zat ze op hun knieën, klom ze op hun rug, onder hun oksel, en knipperde met haar vrouwen-ik-ogen tegen hen. Raphael glimlachte alleen maar flauw naar me, als ik met mijn boek langs hem sloop en me schaamde omdat ik geen bloes aanhad en mijn vaders ouwe broek droeg. Ik had maar één keer met hem gepraat, toen ik in m'n eentje was gaan wandelen en hem op de brug over het Fortykanaal tegenkwam.

Ik vertelde hem over wat ik aan het lezen was: hoe mensen kunnen communiceren zonder te praten. En dat als je luistert, je het hele universum kunt horen praten. Vertelde hem dat ik het had geprobeerd en dat het werkte. Ik was op weg naar de zeedijk waar ik zou gaan zitten om de wolken te horen praten. Hij kon ze ook horen als hij het probeerde. Het beste is 't als de hele hemel, het blauw en de zon, meedoen. En als de zon ondergaat, wanneer het allemaal door elkaar begint te lopen, en de stemmen en kleuren veranderen, en de wind zachtjes zingt. Op goeie avonden doen de zilverreigers die naar huis vliegen en de couridabomen ook mee. Het was bijna hetzelfde als dat exploderende bomgevoel. Maar ik wist niet hoe ik hem dat uit moest leggen.

Vertelde hem hoe de zilveren topjes van de kokosbomen 's avonds vanachter het bovenraam tegen me praten. Ze zwiepen en zwaaien en fluisteren met schorre stemmen tegen me. Hun scherpe randjes glinsteren op avonden dat de maan vol is. Een trance, noemde het boek het. Trance-indentale meditatie. Er stond in dat je gewoon kon opstijgen, van de grond, uit je eigen lichaam, en weggaan, foetsie. Ik vertelde hem dat ik op avonden met volle maan in dat soort trancegedoe zit, met wijdopen ogen, en droom dat ik over de zee van zilveren kokosbomen vlieg. Duikel en met de wollige wolken speel, en neerkijk op de witte straten en zinken daken van het slapende dorp. Daarboven naar de zachte nachtgeluidjes luister: het blaffen van een hond, het zingen van kikkers. Het maanlicht op mijn huid voel, kabbelend als water. Erin rondbuitel. Dat vertelde ik hem allemaal. Had nog nooit zoveel met iemand over al die dingen gepraat. Praatte tot het licht bijna uit de hemel verdwenen was.

Terwijl ik daar op die verende plankbrug over het Fortykanaal zat te praten, keek hij in de verte. Luisterde en staarde. Toen ik klaar was draaide hij zijn hoofd om.

'Dat is prachtig, Lula,' zei hij met een vreemde stem.

Hij keek me aan. Zijn ogen stonden ook vreemd en ik voelde me slap en week worden.

'Je bent erg... volwássen voor je leeftijd.'

Het slap-weke gevoel groeide vanbinnen, maakte me helemaal warm tot aan mijn oorlelletjes en bleef daar terwijl we samen naar huis liepen. We liepen dicht naast mekaar door de net donkere straat, mijn arm langs zijn dij strijkend.

Ik keerde me naar de meisjes op de zeedijk. 'Weten jullie wat Raphael tegen me zei?' Ik keek naar Sammy. 'Zei dat ik erg volwássen voor me leeftijd was.'

'Blèh! En dat vin je fijn?'

'Hoe bedoel je? Wat?'

'Weet je wat dat betékent?' zei Judy half schreeuwend. 'Da' je vroeg ríjp ben!'

'Nee!'

'Ja! Net as die stadsmeiden. Die zijn volwássen. Vroeg rijp. Blèh!'

Ik zei niks. We zaten daar gewoon nog een poosje op de zeedijk met onze benen te zwaaien. Judy wilde niet praten over wat voor soort vriendje zij wilde. En omdat ze was zoals ze was, konden we haar niet dwingen. Ze liet alleen haar lange Qwukwani-lip nog wat meer hangen en zei: 'Ben nie op zoek naar 'n man.'

'Maar je vin André aardig,' dreef Sammy haar in het nauw.

Judy draaide met een ruk haar hoofd om. 'Waar heb je 't verdomme over?'

''k Heb je wel gezien!' zei Sammy een beetje vals.

'Waar? Waar heb je me gezien? Wat dee ik dan?'

''k Zag je 'n paar avonden gelejen met em praten bij de winkel.'

'Nou en? Kan ik nie met iemand praten?' zei Judy boos en ze keerde haar pruillip weer naar de zee.

Rachel keek aandachtig naar haar zusje.

'Waarom kijk je zo naar me?'

André was een kleine donkere jongen uit Scheme. Hij was misschien al een man, maar zag eruit alsof hij altijd jong, kalm zou blijven, dus het was moeilijk om zijn leeftijd te schatten. Hij liep niet met zijn mannen-ik te koop. En hij was altijd netjes gekleed, met zo'n wijde geplooide broek en keurige schoenen. Zijn kortkorte haar glansde altijd, was in strakke golfjes gekruld, en hij had een dikke gouden ketting, horlogeband en bijpassende ring. Sprak met zachte vleiende stem. Ik snapte wel waarom Judy hem aardig vond. Hij had het soort mannen-ik van de sexy soulzanger, met een glad gezicht en vriendelijke ogen. Zijn handen waren schoon, zijn nagels roze en gevijld. Al was hij nog zo netjes en elegant, niemand zou aan zijn mannen-ik twijfelen, vanwege die zwoele blik in zijn ogen.

Mevrouw DeAbro had hem vanaf haar waranda gadegeslagen toen hij naar Tamarind Grove kwam.

'Waar komt-ie vandaan? Uit Scheme? Je kan niemand uit Scheme vertrouwen. Zie je die gladde manieren van em? Gladde adders bijten venijnig.'

Hij stond bij de winkel met Bernard te praten.

'Waar heb-ie die gouwe ketting vandaan? Waarom is-ie altijd zo opgedoft, hmm? Hij verkoopt drugs. Dat is 't.'

Judy stond naast haar.

'Z'n familie heb 'n groot huis, mama.'

'O ja? Groot huis hè! 'k Vertrouw em niet. Hij doet veels te aardig aldoor.'

Rachel nam Judy nog steeds kritisch op, alles goed overdenkend. Je zag dat ze dit nieuws over André zou onthouden. Het zou bewaren om het aan Emelda te vertellen wanneer 't haar uitkwam.

10

Het PNC had overal macht en Burnhams gezicht was overal te zien. Het glimlachte naar je vanaf lantaarnpalen en muren, van spandoeken over de weg en van boven de hoofden van mensen in ieder kantoor en elke school. Altijd dezelfde foto, afgesneden onder de dubbele kin zodat het stralende hoofd op een rubber stempel leek, die een afdruk achterliet op de hersens van iedere kameraad. PNC-buiken, -onderkinnen en -dikke armen droegen ook het stempel van zijn waardering. Elk evenement moest met het volkslied beginnen. Het werd zo erg, dat zelfs in de donkere bioscoop niemand durfde te blijven zitten als het uit de luidsprekers schalde. Je had het gevoel dat iemand je in de gaten hield en zijn kans afwachtte om je aan te geven. Je zou dwingen bij de Volksmilitie of in dienst te gaan of 'vrijwilligerswerk' voor je land te doen in de hete zon.

Ik kwam tweemaal per dag met de TATA-schoolbus langs het buitenverblijf van Burnham. Als je de grote gevel met de luiken, de hoge koningspalmen en de keurig gesnoeide heg zag, begon je vanzelf naar iets uit te kijken wat niet op zijn plaats was. De aanblik van het verblijf overviel je, samen met het eerste geruis van de zeewind en de rijstvelden, zodra je Tamarind Grove achter je had gelaten. Tegenover het huis, aan de overkant van de weg, vormde het landingsplatform van de helikopter een massief zwart vierkant in het patchwork van wuivend groen. Soms, als de helikopter Burnham terugbracht uit de stad, bogen en strekten we onze halzen in de bus als de golvende rijsthalmen. Maar hoe ingespannen ik ook tuurde, ik zag nooit iets ongewoons of onheilspellends. Kon geen glimp opvangen van de vijver in de voortuin met de kaaimannen erin. Zelfs toen de arm van mevrouw Burnham gebroken was (door hem), bespeurde ik geen verandering in het patroon van halfopen Demerara-ramen of in de opstelling van de bewakers.

Toen ik op mijn dertiende naar de middelbare school ging, droeg ik voor het eerst van mijn leven een uniform. Al die jaren dat ik thuisonderwijs had gekregen, was ik daar het meest jaloers op geweest. Mams zei dat kinderen die een uniform moesten dragen er een hekel aan hadden, en misschien zou ik er ook een hekel aan hebben als ik het iedere dag aan moest, maar ik was hartstikke blij. 'k Zou net als alle andere kinderen op school zijn. Wij, in ons uniform, zouden onoverwinnelijk zijn, een groep, een macht waarmee rekening moest worden gehouden. 'k Zou erbij horen en het maakte niks uit of ik Indiaas, zwart of gemengd, dik of dun was, door dat uniform zou ik een van hen zijn. Ik zou wat dan ook kunnen doen en iemand met zo'n zelfde uniform aan zou me steunen. De wereld van de school met zijn frisse gangen, mooie laboratoria en koele klaslokalen zou mijn domein zijn. Van mij en honderden anderen zoals ik.

Ik was het met mijn moeder eens dat de dunne bruine katoenen stof koeler zou zijn dan de synthetische gabardine die de meisjes voor hun jurken en rokken gebruikten. En dat het waarschijnlijk de juiste kleur bruin was – ze droegen allerlei kleuren bruin. Maar die eerste morgen, toen ik met de hele school in de rij stond, was mijn jurk rood. En hij was niet alleen meer rood dan bruin, hij was ook wijd en flodderig en werd door de wind uit model geblazen, in plaats van stijf en glad te blijven zoals de jurken van alle anderen. Voelde net zo rood, warm en dun aan als ik eruitzag, maar mams had al drie jurken genaaid, allemaal precies hetzelfde. Toen er een jaar voorbij was en iedereen me de kleur van mijn bruine jurk had vergeven, ging ik naar een hogere klas en kwam in de vierde, waar alle meisjes rokken en witte bloezen droegen en geen jurken. Maar mijn jurken waren nog nieuw en ik moest ze nog minstens een jaar aan. En naar nieuwe namen luisteren: Handjeklap, Spillebeen, Kaneelbeschuitje.

In de wereld van onze school was meneer Brown, de rector, Forbes Burnham. Had ook dat zelfgenoegzame lachje. Als voorbereiding op de grootse toekomst van economische onafhankelijkheid was de Mahaica Middelbare School, en nog een heleboel andere scholen met een overvloed aan materiaal, opgericht om landbouw en vakbekwaamheid te bevorderen. Maar net als in de wereld van onze natie werd landbouw een straf. De schooltuin bracht nooit wat voort. Bataljons leerlingen met witte sokken en witte bloezen aan, goed gewapend met schoppen, kapmessen en rieken, waren eeuwig bezig met het omspitten van de droge grond op de warmste tijd van de dag. We deden ons best om niet al te hevig te zweten en trokken tevergeefs aan het cypergras, terwijl de jonge leraar ons vanuit de schaduw aanwijzingen gaf. We hadden alles: de grond, water, gereedschap, zaad, maar geen deskundigheid of animo. Net als in de natie was de productiviteit nihil. Het was een van onze kleine triomfen. Zelfs de leraar wilde niks produceren. En al gebeurde dat wel, dan nog zou niemand van ons ervan profiteren. En het maakte niks uit, zolang je de schijn maar ophield. We verschilden niet van het overheidspersoneel, zoals de mannen van het Elektriciteitsbedrijf van Guyana. Die stonden daar maar, keurig aangekleed, met z'n zessen omhoog te kijken naar de paal, eentje zat boven in de paal, drie zaten achter in de vrachtwagen naar de radio te luisteren, en de chauffeur sliep – en allemaal kregen ze een dagloon uitbetaald. Het enige op onze school wat iets 'voortbracht' waren de kippen, die kon je nu eenmaal niet tegenhouden.

Als PNC-aanhanger was het de persoonlijke taak van rector Burnham om leraren die geen PNC'er waren, Indiërs over het algemeen, tegenover ons voor schut te zetten. Er was een magere, timide wiskundelerares die hij zo terroriseerde dat ze beefde als hij in de buurt was. Dan ging hij zo dicht mogelijk bij haar staan, wierp een blik op haar kont, keek ons met opgetrokken wenkbrauwen aan en riep uit dat hij zich naar buiten zou moeten 'wringen'. Sommige leraren stotterden en zweetten als hij in de klas was.

Hij liet je voortdurend voelen hoe machtig hij was. Hij glimlachte gluiperig tegen mij, omdat hij wist dat ze bij mij thuis niet van het PNC waren – misschien zelfs wel van de WPA, Working People's Alliance. Ik keek hem gewoon recht aan, alsof mijn lichaam niet bestond, en weigerde te laten blijken of ik bang was of geïntimideerd door zijn smerige blikken. Meestal stond hij in een van de lange gangen die de hele school door liepen en keek toe om te zorgen dat alles op rolletjes liep. En hij keek naar je als je op hem toeliep, je ervan bewust dat de wind je jurk tegen je lichaam blies en dat je dijen er steeds tegenaan schoven en lieten zien waar je kruis was. Je moest je boeken voor je heupen houden, of als je schuddende tietjes had, moest je daar je boeken tegenaan houden wanneer je hem passeerde. En dan voelde je de achterkant van je benen gloeien waar je jurk ophield. Ik had hem met grote meisjes gezien, die hun hoofd lieten hangen en met hun voeten draaiden, terwijl hij met zijn goudberingde vingers hun handen vasthield en ze zachtjes berispte of feliciteerde. Die kans zou ik hem nooit geven. Hoewel het hoogst waarschijnlijk was dat hij me nooit in zijn kamer zou willen hebben, met mijn broodmagere lijf. Het waren de meisjes met strakke bloesjes en grote boezems en vrouwen met ronde achterwerken die hij de meest wellustige blikken toewierp. Toen mijn moeder een paar keer op school kwam om met hem te spreken, keek hij haar na, terwijl ze naar het parkeerterrein liep, en zorgde ervoor dat ik zag dat hij naar haar kont keek.

‘O, mijn god, mams! Rose! Waarvoor moet je mee naar ’t bureau? Rose!’ Mevrouw DeAbro houdt haar hoofd vast en begint te huilen.

Mensen komen aangerend. De politie wacht tot mijn moeder in de jeep stapt.

‘Adams! Hoe heb je dat toch kunnen doen!’ Emelda grijpt agent Adams bij zijn onderarm en begint aan hem te rukken.

‘’t Geeft nie, Emelda. ’t Geeft nie. Ik moet naar ’t bureau omdat ze wat buitenlands geld in ’t huis hebben gevonden.’ Het gezicht van mams was kalm, maar het vel onder haar kin trilde.

Emelda houdt nog steeds de arm van Adams vast. ‘Maar paps is vrijdagavond net van Ver Weg teruggekomen. Heb je dat nie verteld, mams?’

‘Ja. Ja, Emelda. Hij heeft vergeten ’t vanmorgen naar de bank te brengen. Maak je geen zorgen, ’t geeft niet. Laat em los, Emelda. Pas maar op de kinderen voor me tot paps terug is.’

‘Yan, ga met je moeder mee.’ Emelda duwde Yan achter in de jeep.

Adams klom er naast mams in, deed het portier dicht en de jeep reed ronkend weg. Mevrouw DeAbro greep haar hoofd weer vast en begon nog harder te huilen.

‘O, mijn gód, mama, ssst,’ suste Rachel haar en we loodsten haar naar binnen.

Juffrouw Isaac en mevrouw Sampson kwamen uit tegengestelde richtingen puffend de weg afhollen. 'Wat is 'r? Wat is 'r met mams gebeurd?'

'De politie is bij ons thuis gekomen om naar wapens en munitie en politieke propaganda te zoeken...'

'Wa's dát?' krijste Emelda.

'Pamfletten van de oppositie en zo. En ze zochten naar drugs.'

'Drugs! O goeie god!' Emelda begon opnieuw te huilen.

Toen de jeep die morgen voor ons hek stopte, waren we boven de ontbijtboel aan het opruimen. Een korporaal met een grote mond zei tegen mams dat ze een bevel tot huiszoeking hadden.

'Huiszoeking? Wat bedoelt u met huiszoeking?'

'Ja, m'vrouw. We hebben 'n bevel om 't huis te doorzoeken.' Mams keek langs hem heen naar de schaapachtige Adams die nog in de jeep zat.

'Komt u binnen. Maar u moet hier wel uw schoenen uittrekken. We laten geen schoenen in huis toe.'

De korporaal keek haar aan alsof ze een grapje maakte. Ze probeerde te bedenken hoe ze dit het beste kon aanpakken. Het was paps die meestal aan die regel vasthield.

'Nee. 't Spijt me, geen schoenen. Wees gerust, de honden zullen ze nie opeten.'

De korporaal en de andere agenten worstelden om hun grote zwarte laarzen uit te krijgen.

Mams nam de leiding. 'Een van jullie kan beneden beginnen. De rest gaat met mij mee.'

Yan stond in het lege onderhuis. Paps was die morgen vroeg met de bestelwagen naar de stad gereden.

'Yan, ga met die agent mee.'

De korporaal en de anderen hadden eindelijk hun laarzen uit en terwijl ze de trap opliepen, bleven er een paar grote witte voetafdrukken achter van de grote gepoederde sokken van de korporaal.

Hij stampte boven aan de trap en er stoof een klein wolkje op. Sammy, Saskia en ik zaten nog steeds roerloos op de vensterbanken.

'Goed, meisjes. Ik wil dat ieder van jullie bij een van deze heren in de buurt blijft. Laat ze zien waar alles is en hou gewoon 'n oogje op ze.'

We wisten niet waarom, maar we begonnen een oogje op ze te houden. Saskia wierp hun haar meest woeste blik toe.

Mams richtte zich tot de agenten: 'Heren. Twee van jullie kunnen boven beginnen, in de slaapkamers daar, en twee van jullie op deze verdieping, hier zijn nog meer slaapkamers, de keuken en de woonkamer.'

Juffrouw Mary kwam uit de keuken rennen. 'Mams!'

''t Geeft niet, Mary, deze heren komen alleen maar 'n kijkje nemen.'

Juffrouw Mary keek naar mams' gezicht en haastte zich naar haar kamer.

Mams liep de korporaal achterna en ik volgde een dom uitziende indiaan. Hij stond, met hangende onderlip, onder de ronddwentelende mobiel terwijl zijn ogen steeds maar in een kringetje draaiden.

'Wa's dat?' vroeg hij aan me.

'Een hangende ster,' zei ik. ''t Is 'n ster, ziet u de vorm?'

'Ja, ja,' stamelde hij en hij liep schutterig de kamer door naar de hoek met de tijdschriften.

Hij keek in het aquarium. Staarde een poosje naar de rondzwemmende vissen, raapte toen een pocketboek op en bladerde het snel door. Ik hield hem goed in de gaten. Ik wierp een blik op de stapels *Gramma*-kranten uit Cuba, met hun grote rode koppen. Ertussen zaten bulletins van de WPA en de *Catholic Standard*. Waren dat geen oppositieblaadjes? Propaganda? Ik had paps iets horen zeggen over deze communistische kranten. Roodhuid haalde de stapel nu overhoop. Zocht tussen de kranten alsof hij naar platgedrukte gekko's of dooie kakkerlakken op zoek was. Ondertussen liep het voetpoederspoor van de korporaal de hele keuken door.

Boven vloog Saskia voor de agent uit haar kamer in en haalde al haar onderbroeken uit de la. Legde ze overal in haar kamer neer. 'Ogen als schoteltjes had-ie!' pochte ze later.

Beneden leidde Yan de rondgang door de drie kamers. In de tussenkamer was papa's verzameling zaden, stekjes en kruiden.

'Da's 'n kruid,' zei Yan.

'Kruid?' De agent leefde opeens op. 'Wat voor kruid?'

'Ik weet nie hoe 't heet, je zet 'r thee van.'

Hij snuffelde aan het droge bosje en legde het teleurgesteld neer. Opende de kleine koelkast. Hij lag vol met tofoe, kleine plastic zakjes met allerlei zaadjes en een paar filmrolletjes. Zijn ogen werden groter.

'Wa's dit?'

'Wat?'

'Die pakjes.' Hij wees naar de tofoe.

''t Heet tofoe. Is van sojabonen gemaakt. Je eet 't.'

'Jullie eten dát!' Hij raapte een pakje witte sojakaas op en draaide het met een klets op zijn handpalm om. 'Waar halen jullie dat? Nou?'

'We maken 't.'

'Aha.' Alsof dat verklaarde waarom het er zo vreemd uitzag. Hij rommelde in de kast en voelde aan alle zakjes zaad.

'Waarom bewaren jullie dat daar?' Hij wees naar de rolletjes film terwijl hij de deur van de koelkast dichtdeed.

'Ze bederven als je ze d'r buiten bewaart.'

'Humf. Wa's dit? Ahá!' Hij greep een zakje zetmeel dat boven op de koelkast lag. Kneep erin, rolde het tussen duim en wijsvinger.

'Da's cassavemeel,' antwoordde Yan vlug.

'Hebben jullie cocaïne?'

'Cocaïne? Nee, m'neer.'

'Marihuana?' De agent keerde zich snel om naar Yan.

'Nee, m'neer.'

'Aha!' Hij liep verder naar de volgende kamer.

In de woonkamer was de korporaal de grote boekenkast aan het inspecteren. Hij diepte een bril op en hield zijn hoofd schuin om de titels te kunnen zien.

'Nee maar!'

Mams blik viel erop voor hij ze zag: de Engelse bankbiljetten onder het stapeltje munten.

'Wat is dit?' Hij raapte ze op en liet de munten in zijn linkerhand vallen.

'Dat ziet u wel,' antwoordde mams.

'Weet u niet dat 't verboden is om buitenlans geld in huis te hebben? Wat moet 't hier?'

Mams legde uit dat paps vrijdagavond terug was gekomen en het vanmorgen meteen naar de bank had willen brengen.

'Maar dat heb-ie niet gedaan.'

'Hij heeft 't vergeten en is nu al in de stad.'

'Alle buitenlans geld moet binnen 48 uur gewisseld worden.'

'Dat weet ik. Kijkt u maar in z'n paspoort, hij is vrijdagavond pas teruggekomen.'

'Daar hebben we 't dan. 't Spijt me, mevrouw. U zult mee moeten naar 't bureau om dit te regelen.'

Agent Adams kwam met hangend hoofd de trap afsluipen.

'Hier is niks,' rapporteerde de politieman van beneden, 'enkel 'n hoop vreemde rommel.'

Mijn roodhuid was weer door de mobiel gehypnotiseerd. Mond open en rollende ogen.

Het kwam door mams' gezicht toen ze in die jeep stapte dat Emelda begon te gillen. Ik gilde inwendig ook. Sammy hield me vast en kneep in mijn bovenarm. Saskia, die binnen zo brutaal was geweest, wierp één blik op Emelda en de mensen die de weg afholden en begon 'Mammie, mammie!' te schreeuwen. Mams' bewegingen waren krampachtig toen ze zich aan het dashboard vasthield en zich in de jeep hees. Terwijl ze mij aankeek en daarna Sammy en toen naar Saskia keek die schreeuwend op onze brug stond te springen, probeerde haar ronde gezicht ons gerust te stellen, te zeggen dat het goed was. Maar haar ogen stonden niet goed, iets erin was geknakt, ze waren glazig nu en er broeide een storm in. Nu zou ze naar hetzelfde smerige bureau in Cove & John gaan waar afgeroste dieven en jeeps vol gearresteerde kerels naar toe werden gebracht.

'Tis 'r in godsnaam mis met dit land?' Mevrouw Sampson plofte op de trap naast Emelda neer. Ze zat daar en schudde langzaam haar hoofd, terwijl haar kolossale armen trilden. Juffrouw Isaac plukte aan haar onderlip en stond zenuwachtig voor ons te draaien. En Emelda kreunde nog steeds alsof ze weer een inzinking had.

11

Er klonken twee schoten. Toen een spervuur van kogels. Halftien 's avonds. We sprongen uit bed. Mannen kwamen aanrennen van de Hoofdweg, anderen renden naar buiten om te zien wat er aan de hand was. Voeten stampten op de weg.

'Politie!' riep iemand.

Ze waren al op weg.

'Is 'r iemand neergeschoten?'

'Nee. Ze hebben em nie te pakken, hij's 'r vandoor.'

Sammy en ik stormden het huis uit achter Yan aan. Rachel en Anne-Marie renden hun tuin uit. Judy moest al een eind verderop zijn – die kon hard hollen. Bernard kwam uit de winkel, met Ricardo achter hem die zijn broek aan het dichtknopen was. Pluizige Ras en zijn vrienden liepen rond in de mensenmenigte die zich aan het begin van de weg verzamelde. Moeders zochten naar hun zoons. Bottom House Crappo baande zich een weg door de massa, terwijl alles op haar blad door elkaar rolde.

Andere mensen kwamen naar ons toe rennen uit de richting van de brug bij Scheme, waar de schoten hadden geknald.

'Wie is neergeschoten? Wie is neergeschoten?'

'Ze hebben niemand nie gepak.'

Een auto die door de menigte probeerde te komen, begon te toeteren. Ik ontdekte Judy toen de koplampen van de auto zich een weg baanden. Zij was 't! Zij was 't, die onder de grote samanboom terugrende van de brug. Ze rende half voorovergebogen langs het schoolhek in onze richting en stak toen door via de achterkant van het benzinestation.

'Da's Judy toch?' Rachel greep mijn arm.

Ik knikte. Je kon je niet vergissen, de enige blanke huid in de menigte, gevangen in het licht van de koplampen. En ze kwam van de brug! Anne-Marie ving haar op achter het benzinestation. Judy gilde. Ricardo onderbrak het gegil door zijn hand over haar mond te leggen en trok haar bij Anne-Marie vandaan. Iedereen keek nu naar Judy terwijl Ricardo haar de straat door duwde, met zijn ene hand stevig om haar nek. Mevrouw DeAbro vloog nu naar buiten terwijl ze haar wapperende nachtpon vasthield. Toen ze Judy en Ricardo zag, draaide ze zich om en rende jammerend hun tuin in. Ricardo sleurde Judy de trap op en gooide haar op de vloer van de waranda neer.

'Emelda, pak jij dit maar an,' gromde hij en hij drong ons voorbij, het hek uit naar waar de kleine menigte wachtte. 'Wat valt 'r te zien?'

Ze haastten zich achter Ricardo aan, de weg weer op. Daar zag ik Mikey, die afsloeg om naar huis te gaan.

Judy's gezicht en armen zaten vol schrammen. Haar kleren waren nat en modderig. Anne-Marie trapte tegen haar rug.

'Sta op!'

Judy kromp nog verder ineen tot een bal, klagend en snikkend op de warandavloer. Anne-Marie greep haar voet en begon haar het huis in te trekken. Wij pakten haar kleren beet om haar tegen te houden en Judy schopte met haar andere voet, terwijl ze nog steeds haar hoofd vasthield. We konden Emelda binnen horen stommelen, op zoek naar het rietje.

'Wat... dee... jij... dáár!' Het rietje kwam striemend neer.

De klappen regenden overal op Judy, terwijl de voordeur achter ons dichtsloeg.

'Mammie!'

'Nee, mevrouw DeAbro! Nee!' We grepen Emelda's voet vast.

'Ga weg! La'me los!' Ze gaf ons een mep met het rietje. 'Eruit! Naar huis met jullie! Naar huis!'

'Mevrouw DeAbro...'

'Erúit!' Ze sloeg naast mijn gezicht op de deur en gooide hem met een dreun dicht.

'Wat... dee... jij... dáár!' Het rietje zwiepte omlaag op Judy die, tegenstribbelend en haar gezicht beschermend, in elkaar gerold op de grond lag.

'Aaj! Aaj, mammie! Aaj!'

Rachel schreeuwde: 'Mammie! Mammie!'

Sammy en ik stonden tegen elkaar gedrukt buiten op de waranda. Mikey was niet naar huis gegaan. Zijn silhouet tekende zich af bij de elektriciteitspaal vlak voor de schutting.

'Mammie! Mammie! Aaj, aaj aagh...' Judy begon te gillen als een varken.

'Wat was je verdomme aan 't doen, hé?' Een slag van het rietje.

'Je hoorde binnen te wezen, hé.' Twee slagen.

'Iedereen was binnen. En waar was jij? Bij Scheme. Bij Schéme!'

De slagen, schreeuwen en dreunen op de vloer volgden elkaar nu sneller.

'Schéme! Ze hadden jóu motte neerschieten!' Ze schopte tegen Judy's benen.

'Wat dee je verdomme? Nou? Nou?' Ze liet zich op haar knieën vallen en schudde Judy door mekaar.

Er kwam een nieuwe stem uit Emelda's keel. Een diep gegrom dat we nog nooit hadden gehoord. ''k Zou 't maar vertellen, Judy, anders breek ik elk bot in je lijf tot je wat zeg, geloof me.'

Judy zweeg.

Emelda sprong weer op. 'Je wou naar hém toe, hè? Naar hém! Die zwarte niksnut! Wat... moest... je... met... hém? Nou?'

'Aaj, mammie, aaj! We praatten alleen maar, mammie.'

'Praten! Praten! Je sluip 't huis uit om te gaan práten! Jij wil 'n man, hè Judy. Wil jij zo graag 'n mán? De politie had jou moeten pakken, dan had je es wat gezien. Waar lag je met em te neuken, hé? Nou?'

'We waren in 't bushuisje...'

'Wát!'

'... aan 't praten! Mammie... praten.' Judy klonk zwak.

Emelda vloog de kamer nu rond en mepte de meubels met het rietje.

'Goeie god! Míjn dochter ligt met 'n zwarte man in 't bushuissie te neuken! Goeie hemel! God, krijg ik dan geen genade? Aan 't néuken! Terwijl de mensen nie naar buiten durven, lig jij daar langs de weg te néuken!'

'We waren aan 't pra...' Er kwam een slag op haar hoofd en armen neer.

Emelda sloeg het uit Judy. Het leek een eeuwigheid te duren. De mensen op straat begonnen weg te lopen. Maar Mikey bleef en Sammy en ik kwamen niet van onze plaats op de waranda. We hoorden dat mams ons riep door het keukenraam.

In gedachten zag ik Judy en André uit het bushuisje vluchten, toen de politie-overval begon. De jongens die op de brug rondhingen, snelden langs de oever naar Backdam voordat de politie het vuur opende. Judy en André klauterden naar beneden in de bosjes aan de andere kant van de oever. Glibberend in de modder terwijl ze elkaar krampachtig vasthielden. Maar zelfs op dat ogenblik gonsde de angst dat ze gesnapt zou worden Judy luider in de oren dan de kogels.

'Dus jij neukt, hè? Jij ben al 'n grote vrouw die neukt, hè? Nou?'

'Nee, mammie! Mammie!'

'In 't bushok as 'n hoer! Met 'n blákaman!'

'Nee, mammie!'

'Nee? Nee?' Ze greep Judy bij haar haren en sleurde haar door de kamer. 'Nee? Hoe lang dee je je benen wijd voor em?'

'Nee, mammie... aagh...'

Emelda gaf haar een harde klets. 'Zeg je nog steeds nee! Judy... kijk me an! Wou je me vertellen dat je nie in 't bushok met je benen wijd lag? Hoe deed-ie 't dan met je? Staand, rechtop? O, goeie god allemachtig! Je kan tegen míj nie liegen weet je!' Haar stem sloeg over.

Judy zat ineengedoken tegen de muur met haar hoofd te schudden. Ze snotterde, en snikte wild als ze inademde. 'Neee...'

'Judy... kijk me an. Heb-ie je geslagen zodat je niks zou zeggen?'

Judy schokte nog steeds.

'Da's verkrachting, weet je. Blakaman doet dat... maar hij kan je nie verkrachten as je d'r vandoor gaat en 'r zelf om vraagt!!' Ze liet het rietje vallen en vloog haar aan, maar Judy verzette zich.

'Hef jij je hand tegen mij op? Anne-Marie kom!'

Anne-Marie liet Rachel los en greep Judy's handen. Mevrouw DeAbro ging op Judy zitten en sloeg haar in het gezicht. Telkens en telkens weer.

'Agnes! Kom hier! Hou d'r voet vast!'

Agnes kwam en pakte een van Judy's enkels beet, terwijl de tranen langs haar ronde gezicht stroomden. Judy hield op met kronkelen en lag te kreunen.

'Mammie, nee! Wat doe je? Mammie!' snikte Rachel zacht, zonder van haar plaats te komen.

'Ik zal es kijken wat jij aan 't doen was!' Ze begon Judy's rok omhoog te trekken en rukte aan haar onderbroek.

'Je kan voor mij niks verborgen houwen. Jíj, met je gedraai, kleine hoer die je ben. 'k Heb je nooit nie vertrouwd. Kréng!' Ze haalde de onderbroek van één voet, zonder dat Judy tegenstand bood. Duwde haar benen uit mekaar. 'Agnes, kijk!'

Agnes' hoofd hing omlaag, het schudde. Anne-Marie keek van boven neer. Emelda duwde haar hoofd dichterbij en zette haar bril recht. 'Róód! Waarom is je gleuf rood? Róód!'

Rachel deed de deur open en sloop bij ons de waranda op. Mikey stond er nog steeds. Toen we naar hem keken, draaide hij zich langzaam om en verdween geruisloos in het donkere deel van de straat. Wij gingen prompt zitten. Konden niet geloven dat mevrouw DeAbro zoiets deed. Konden niet geloven dat Judy zoiets deed. Ze had het de hele tijd met André gedaan. Had ons niks verteld. En nu wist het hele dorp het.

De Buxton Spice keek toe. Zei niks, ademde enkel diep. Ademde diep en volgde iedere beweging. Ik keek ook naar hem. Hij schraapte met zijn knokkels over het verzinkte dak en probeerde wat te zeggen. Ik zat boven op de grote boekenkast en reikte boeken aan die werden ingepakt. Mikey hielp ons met het tillen van de dozen. Ik gaf mams het schilderij van de Zwarte Albino.

'Dat andere ook, lieverd.'

Ik reikte het olieverfschilderij aan, het enge dat me 's nachts als ik de trap naar de wc afliep altijd bang maakte.

De Buxton Spice krabde en morde.

'Wat sta jij nou te morren? We hebben 'n Brits paspoort, we hoeven nie te blijven! Al die jaren dat we hier waren, wist jij van alles maar wou je me niks vertellen. Je heb ons altijd bespied. Nou, nu gaan we weg! Jij mag blijven en de mensen nog meer zien lijden. Je mag 't hele huis overnemen. Je grote voeten uitspreiden en de septictank openbreken!'

Hij liet een dikke rozerode mango schommelen.

'Waarvoor zwaai je met da' ding naar me? Je heb me d'r vroeger nooit een gegeven. Voor mijn part kan je je rotmango's nu overal laten vallen.'

Maar ik keek hoe hij daar bengelde, vlak voor het raam.

De boom wuifde, bulderde zijn diepe lach uit. Ik wist dat hij naar Mikeys blote rug keek die over een doos boeken gebogen was. Twee gladde lange spierbundels aan weerskanten van zijn wervelkolom trilden even toen hij zich oprichtte. Ze deden zijn ruggengraat in een diepe geul verdwijnen en zonken in bij zijn smalle middel.

Mikey draaide zich om, zag mijn blik en knipoogde alsof hij zeggen wilde: 'Mag ik mee?'

Ik knipoogde terug: 'Kom maar!'

De rookstoelen, weg nu, achter in de vrachtwagen, lieten op hun plaatsen rechthoekige geesten achter. De doffe plek op de vloer grijnsde naar me, niet langer gehinderd als hij voetzolen op zijn huid wilde voelen – de Tibisiri-mat opgerold en weg.